KB183093

엄마랑 떠날 수 있을 때

다음으로 미뤘다면 놓쳤을 찬란한 순간들

엄마랑 떠날 수 있을 때

글·그림 윤수훈

중앙books

프롤로그

작은 바둑알이 환하게 반짝이길

"수훈아, 너는 복기를 참 잘하는 것 같아."

오랜만에 만난 지인에게 들은 말이다. 지금으로부터 10년 전, 혼자 떠난 유럽 여행에서 처음 만난 인연이었다. 그 첫 만남의 추억은 활자가 되어 한 권의 책으로 출간되었다. 10년 묵은 이야기를 소환하여 책을 썼으니 복기를 잘한다는 지인의 말에 일리가 있었다. 집에 돌아오는 길에 '복기'라는 단어를 검색해 보았다. 어학 사전 속 복기의 의미는 다음과 같았다.

복기: 바둑에서 한 번 두고 난 바둑의 판국을 비평하기 위하여 두었던 대로 다시 처음부터 놓아보는 행위

흔히 기억을 되살린다는 의미로 사용했던 '복기'는 사실 바둑 용어였다. 삶이 너른 바둑판이라면 기념할 만한 기억들은 바둑알인 셈이다. 촘촘한 간격으로 꽉 찬 바둑판을 말끔히 비웠다가 한 알씩 다시 놓아보며 그 이유와 의미를 곱씹는다. 이미 새겨진 기억이므로 번복할 수는 없다. 원래의 모습 그대로 되돌려 놓으며 바둑알 사이마다 숨어 있던 이야기들을 찾아낸다. 왠지 모르게 익숙한 이 과정, 지금껏 내가 창작을 대하는 자세와 다름이 없었다.

지금까지 다섯 권의 책을 냈다. 첫 번째 책은 사회에 처음

받을 내딛고 알게 된 나의 취향과 소중한 감정들을 기억하기 위해 군대에서 남긴 기록이었고, 두 번째 책은 뮤지컬 배우를 꿈꿨던 시절의 다시는 없을 완전무결한 열정을 기념하는 기록이었다. 세 번째 책은 술자리에서 오간 진실한 대화들이 알코올과 함께 날아가는 게 아쉬워 남긴 대화록이었으며, 네 번째 책은 코로나로 엉망이 된 세상에 외치는 10여 년 전 떠났던 망한 유럽 여행 이야기였다. 다섯 번째 책은 일상에서 느낀 감정과 소회를 풀어낸 그림일기로, 이 모든 작업이 복기의 결과물이다. 마찬가지로 지난 여행 이야기를 담은 여섯 번째 책 출간을 앞두고 있자니, 이러한 나의 창작 패턴을 다시금 생각하게 된다. 대체 나는 왜 다 지난 일들을 다시 끄집어내 글과 그림으로 남기는 걸까?

기록은 기억을 지배한다. 같은 시간, 공간, 사람도 어떤 그릇에 담느냐에 따라 또 다른 의미의 무언가로 새로이 남게 된다. 이것이 하찮아 보일 수 있는 이야기도 정성스레 기록하는 가장 큰 이유다. 복기할수록 선명해지는 가치를 믿는다. 오랜 시간이 지나도 절대로 지워지지 않는 또렷한 그림들이 있다. 어린 시절 처음으로 용기내 마침내 무언가를 해냈던 순간들, 영원을 약속했던 연인과 찢어지는 이별의 아픔을 경험했던 순간들이 그렇다. 사건 위에 감정이, 감정 위에 기억이 덮여 미래의 나에게 납품된다. 다시 열어보았을 때 내가 원하든 원치 않든 단번에 과거로 소환될 정도의 강렬한 이야기라면, 다시 포장하여 미래의 나에게, 그리고 많은 사람들에게 전할 만한 충분한 가치가 있다.

《엄마랑 떠날 수 있을 때》는 미래의 나와 엄마, 그리고 세상의 수많은 엄마와 자식들에게 납품하는 선물 같은 이야기다. 난생처음 엄마와 함께 떠났던 3주간의 유럽 여행기를 통해 단순한 기억 그 이상을 미래의 이들에게 전해주고 싶었다. 인생을 통째로 펼쳐놓고 보면 너른 바둑판 위 바둑알보다, 아니 점보다 더 작은 순간들이겠지만, 이 이야기로 그 작은 순간들이 환하게 반짝이길 바라본다. 아주 작아도, 멀리서는 별처럼 보일 테니까.

세상 모든 엄마가 행복해지길 바라며
2024년 12월 슌으로부터

차례

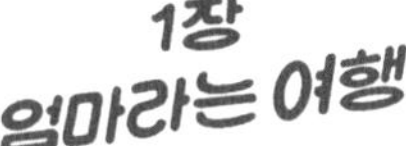

2장
수많은 처음들

3장
엄마는 언제부터 엄마였을까

4장
함께해서 특별한 아주 보통의 날들

5장
빛나는 순간은 바로 여기에

특별 부록

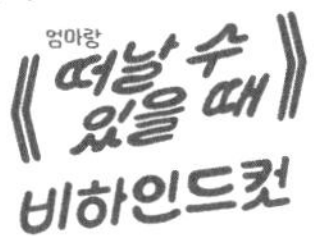

비하인드컷

1장 엄마라는 여행

왜 엄마와 단둘이 떠나는 여행을

생각하지 못했을까?

여행과 엄마.

이질적으로 보였던 두 단어를 한데 모으자,

심장이 두근대기 시작했다.

흔한 버킷리스트

코로나가 막 끝나갈 무렵,
드디어 여행을 떠날 수 있다는 소식이 들려왔다.
드디어 풀리기 시작하는 건가?
2년 반만에 유럽 갑니다 V-log
코시국 끝! 드디어 떠납니다
곧 여행을 떠날 수 있다고 생각하니 당장 떠오른 고민은 이것.
누구랑 가지?

코시국 이전이었으면 큰 고민 없이 혼자,
혹은 친구와 함께하는 여행을 택했을 것이다.

이번 여행도 마찬가지로 혼자,
아니면 시간이 맞는 친구와 함께 갈 생각이었지만…

다음 달에
여행 갈 시간 돼?

아, 가고 싶은데…
안 될 것 같네…ㅠㅠ

다들 여행을 떠나기엔 마땅치 않은 상황 같아 보였다.

엄마랑 가려고요!

여행과 엄마,
그 동떨어져 보였던
두 개의 단어가 한데 섞이자
어릴 적 꼬깃하게 접어두었던 꿈 하나가 떠올랐다.

이루고 싶은 것들을
다 적어 보는 거예요~!
...
머뭇
머뭇

부모님 해외여행 보내드리기

늘 혼자, 혹은 친구들과 여행을 다니며
늘 생각만 해왔던 선택을
와, 여기 너무 좋다...
가족들 데리고 오면 좋겠다.

그 친구는 자기만의 방식대로
꽤 오래전부터 해오고 있었다.
예전에도 아버지랑 둘이 유럽 다녀왔다 했죠?
네, 맞아요.
서로 여유 될 때 따로 가는 게 좋더라고요.

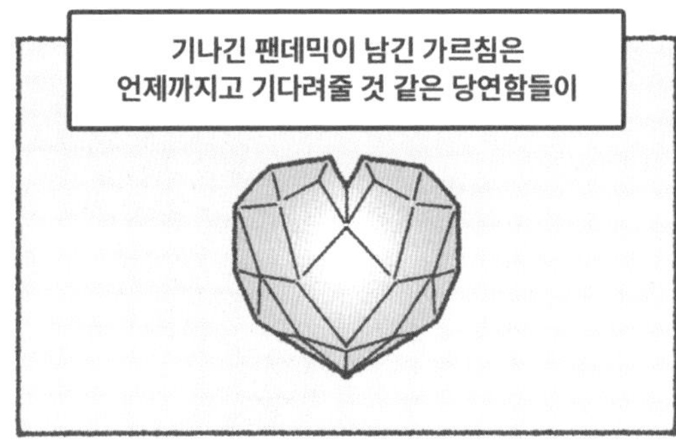

소중함을 미뤄만 두기에는
이 유한한 삶이 너무 아깝다는 사실을
이제는 알아버렸다.

생각해보면...
마음만 있다면 방법이야
어떻게서든 찾을 수 있는 거잖아.

가족을 위해 40년을 넘게 일만 해왔던 엄마에게
새로운 세상을 선물하고 싶기도 했다.

...근데 엄마도 여행을 좋아할까?
내일 전화해봐야겠다!

엄마가 선택한 의외의 여행지

다음 달에 엄마랑 같이
여행가고 싶은데
엄마 시간 괜찮은가 해서...
어...
역시 바쁘시려나...?
어머...
너무 좋지~!
아들이랑
여행갈 수 있다니
엄마가 어떻게든
시간 비워놔야겠다!
푸
하
알았어, 엄마!
그럼 계획 좀 세워지면
다시 연락할게요.
그래, 알았어.
사랑해, 아들~!
밥
잘 챙겨먹고~
여행은 준비 과정에서부터 발견의 연속이었다.
바쁘다고
할 줄 알았는데...
...

이렇게 좋아하실 줄
알았으면
진작 얘기해 볼걸.
여행지를 결정하는 과정 또한 마찬가지였다.
예전에 엄마가
보라카이 엄청
좋아했던 것 같은데...
여행은 역시
쉬는 게 좋지~
그럼 장소는
휴양지로...?
BORACAY
처음엔 내가 아는 엄마 취향으로 여행지를 고민했지만,

마지막 선택지로는 내가 가고픈 스페인을 집어넣었다.
작년에 계획 했다가
취소한 스페인...
멀고 힘드니까 엄마의 선택은
못 받을 것 같지만...
일단 넣어볼까?

그리고 며칠 뒤, 엄마에게 전화를 걸어
간략한 여행지 소개와 함께 후보를 전달했다.
엄마, 내가
세 군데 정도 추렸는데,
잘 들어봐요!

1. 괌

휴양지 / 바다 / 비행 5시간 / 직항 있음

2. 방콕

도시 / 호캉스 / 비행 6시간 / 직항 있음

3. 스페인

도시 / 유럽 / 비행 20시간 / 직항 없음(코시국 기준)

이 중에서
가장 가고 싶은 여행지 골라서
다음 주까지 알려주세요!
응, 알았어!
연락 줄게~!
...스페인 어필을
너무 안 했나...?
벌써?
엇?
어, 엄마. 벌써 정했어?
으응... 엄마는...
엄마는 스페인 가고 싶어!

여행은 이미 시작되었다

엄마의 의외의 대답에 느낀 두근거림은
엄마

아직 가보지 못한 미지의 세계가 아닌
엄마가
스페인 가자고 할지
전혀 예상 못했어...
벌써부터 시작된 엄마라는 여행을
향한 것이었는지도 모른다.

코로나가 창궐하기 이전, 선택이 망설여지는 일 앞에서
나는 늘 다음을 외쳤던 것 같다.

습관적으로 되뇌었던 수많은 '다음에'에
놓친 기회들이 얼마나 될까?

이번에도 선택을 '다음에'에 부쳤다면
아마 '이번'은 영원히 없을 것이다.

실행으로 밀어붙이면
그게 '이번'이
되는 거야!

소중함 앞에선 어떤 후회든
각오할 만한 무언가가 된다는 것.

여보세요?

슌아, 너 엄마랑
여행간다며?

엄마 얼굴에
아주 생기가 가득해~

엄마라는 여행.

이 여행, 인생을 통째로 놓고 보면
짧디짧은 시간이겠지만
엄마 되게 재밌다.
나랑 통화할 땐
되게 덤덤한
느낌이었는데ㅋㅋㅋ

오래도록 기억되는 시간으로 선물하고 싶다.
ㅋㅋㅋ엄마
원래 그렇잖아.
도와줄 거 있으면
알려줘~

엄마에게, 그리고 나에게.

엄마의 가능성을 제한하지 말 것

*스톱오버 : 경유지에서 24시간 이상 머무르는 것

그 또한 나의 편견이었다.
엄마가 두바이도 여행한다고 아주 신났어~
진짜? ㅋㅋㅋ 나한테는 그런 티 하나도 안 냈는데.
엄마들은 다 그런 것이여~~

이처럼 준비할수록 엄마에 대한 여행 정보가 없어서
엄마, OO라는 곳 예약하려는데 괜찮을까?
엄마는 다 좋아~ 알아서 해줘!

지나치게 신중해지는 나를 발견하게 되었는데,
어머니는 짜장면이 좋다고 하셨다는 것도 다 옛말!
엄마도 분명 취향과 고집이 있을 거라구..!
역시 중국집은 양장피랑 유린기지
CHECK LIST
ㅁ 침대가 편안한가?
ㅁ 조식이 제공되는 곳인가?
ㅁ 근처에 마트가 있는가?

어느 순간부터는 그 또한 엄마의 세상을 재단하는 일이 아닐까 싶어졌다.
와, 이분들도 대학생들처럼 여행할 수 있네.
꽃보다 할배
in Spain

대학생처럼 여행하는 할아버지 네 분을 보며
나의 마음에도 이런 다짐을 새기기로 했다.
첫째, 엄마의 가능성을
나의 시야로 제한하지 말 것.

둘째, 나에게 좋다면 엄마에게도 좋은 것.

그리고 마지막, 결국 여행은 함께하는 것.
너무 많은 변수를 염두에 둘 필요가 없음을,
시시각각 닥치는 상황에 머리를 맞대고
함께 나아가는 것이 여행임을 다시금 상기시켰다.

어쩌면 나는 떠나기도 전부터
무한히 확장 가능한 엄마의 세계를

나의 한정된 시야 안에 가둬 뒀는지도 모른다.

내가 엄마의
새로운 모습을 발견하는 만큼,
엄마도 새로운 자신을
발견할 기회가 있어야 해.
ENTER
달칵
일단 가보는 거야!
이제 정말 남은 건, 떠나는 일뿐이다.

출발 당일 걸려온 섬뜩한 전화

그치만 막상 여행 하루 전이 다가오자
가장 불안해진 사람은 나 자신이었다.

벌써 내일이라니...!

아무것도
준비 안 한 것 같은데...!

그제야 가장 중요한 무언가 놓쳤음을 깨달았다.
PCR검사...?
지금이라도...?
검사 가능?
헉!
벌써
3시야...?!

코로나 관련 해외 입국 정보는
워낙 수시로 바뀌고 있던 시기였기에,
내 백신 접종 기록으로도 입국이 가능한 줄 알았던 것.
여기는
오늘 마감...
여기도 마감...
진료 마감
영업시간 종료

입국이 가능하단 얘기도 있었지만
완전히 신뢰하기 어려웠고,
못 나가세요.
안 돼요!
공항에서 출국을 못 하는 최악의 상황을 그려보니...

이렇게 불안해야 할 바에야
PCR검사까지 받아놔야겠다 싶었다.

택쒸!!!

그냥 받자!!!

서둘러 집에 돌아와 여행 짐을 싼 뒤 본가로 향했다.

역대급으로
바쁜 날이다...

헥...
헥...

엄마에게 내일 일정을 브리핑한 뒤,
엄마, 내일
7시쯤 일어나서~
응, 근데 컵라면 챙겨갈까?

뜬눈으로 밤을 지새우다 여행 날 아침을 맞이했다.
벌써 일어났니?
잠을 제대로
못 잤어...

그리고 아침과 함께 동시에 맞이한
병원이네.
PCR검사 결과
나왔나?

이 여행의 첫 시작 신호.
안녕하세요~
PCR검사 결과가
나왔는데요...
...네?!

수화기 너머의 간호사 선생님은

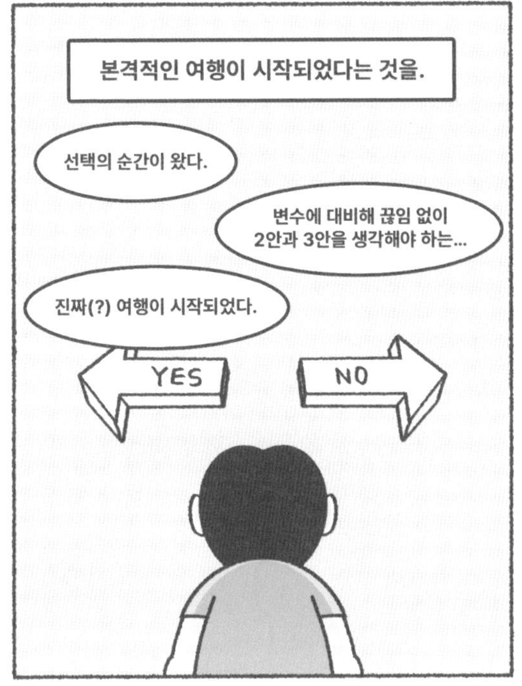
본격적인 여행이 시작되었다는 것을.
선택의 순간이 왔다.
변수에 대비해 끊임 없이
2안과 3안을 생각해야 하는...
진짜(?) 여행이 시작되었다.
YES
NO

고마운 사람들

선택의 순간 최우선으로 고려해야 할 존재가
엄마라는 사실을 인지하자

오늘 장시간 비행해야 돼서...
엄마 피곤하면 안 돼...

빨리 택시 타고 다녀올까?

아냐,
시간이 촉박할 것 같은데...

엄마와 함께하는 여행이
제대로 체감되기 시작했던 것 같다.
쏘카를 편도로 빌릴까?
엄마랑 같이 병원 갔다가
공항 가서 반납하면 되니까...
SOOCAR
₩103.000
헉, 편도 값이
10만 원이 넘네...
엄마는 혼자서 머리를 싸매고 있던 나를 발견하고는
처음부터 엄마랑
택시 타고 같이 이동할까?
아냐, 그러기엔
짐이 너무 많아...
한마디를 건넸다.
누나한테
한번 연락해봐!
병원으로 직접
가야 하는 거야?

아, 나 누나 있었지...!

누나
어, 누나!
지금 이런 상황인데
혹시 엄마랑 나 좀
병원까지 태워다줄 수 있어?

지금!

이번 여행에서 출발 전부터 가장 많이 느낀 감정은

주변 사람들에 대한 감사함이었다.

서로에게 진심으로 고마워하고 미안해하는

그리고 우리 가족의 행복을 빌어주는

감히 헤아릴 수 없는 따뜻한 마음들.

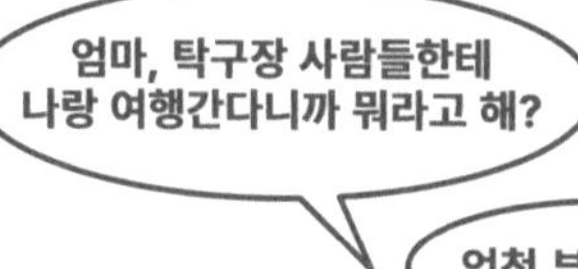

정작 여행을 떠나는 건 엄마와 나여서
이런 주변의 축하가 낯설기도 했다.

아마도 그들에겐
그들의 엄마에게 감정이 이입됐던 거겠지?
인천국제
INCHEON I

그렇게 생각하니 그들의 몫까지
함께 여행을 떠나는 기분이 되었다.
국제선
INTERNATIONAL FLIGHT
D

2장 수많은 처음들

익숙한 사람에게서 발견하는 처음은
여행만큼이나 낯설고, 두렵고, 또 설렌다.
어쩌면 엄마와 나는
서로에게 숨겨진 처음들을 만나기 위해
애써 이 먼 곳까지 날아온 것은 아닐까?

언제나 설레는 인천공항

약 3년 만에 맞이한 공항의 낯선 공기에 취하기도 잠시,

본격적인 시작이란 생각에
이번 여행을 함께하는 엄마에게 인사를 건넸다.

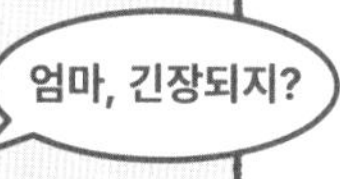

그리고 이 여행에서
가장 중요한 건 엄마 건강이니까,
혹시나 불편하거나 필요한 거,
궁금한 거 있으면
내 감정이나 상황 신경 쓰지 말고
언제든 물어봐줘야 해.

이제부터 '엄마와 나'가 아닌,

'우리'의 여행.

우리는 익숙함으로부터 멀어질 준비를 하고,

덜어낸 두려움의 자리엔
설렘을 채우기 시작했다.

셔터를 내렸거나 공실이 되어버린 상가 사이로는
몇몇 면세점이 영업을 재개하고 있었다.

10만 원입니다~
거기에선 체력 싸움이야.
매일 한 포씩 먹으면
좋을 것 같아. 엄마가 쏜다!
헤엑... 비싸네...
홍삼이...
굳이 필요하려나...?

예전엔 익숙했던 여행의 풍경들이
옛날엔 끝없이 떴는데
이 한 페이지면
하루 비행기 안내 끝이네.
옛날처럼 완전히 돌아오려면
아직 멀었겠지.
사뭇 달라져버린 모습에 많은 생각이 교차했다.
공항에
사람이 너무 없으니까
이상해...ㅋㅋ
여유로워서 좋긴 한데...
여행 기분이
안 나기도 하네.

그러나 그런 생각들도 잠시,
우리가 타는 비행기는 만석이었고

이륙 전 복작복작해진 기내 분위기에

지난 나의 여행들이 떠오르며 설레기 시작했다.

엄마, 엄마.
여기 봐봐!

아부다비는 나도 처음이라

나는 익숙한 듯 낯선 기내 분위기에
잠을 청하기 어려워

너무 오랜만에 타서
그런가...
왜 이렇게
답답하고 힘들지?

엄마는 더 힘들겠지...?

돈 많이 벌어서 나중에는 꼭
비즈니스 태워 드려야지...

고열량 기내식을 두 번 다 비우고 나서야
비로소 착륙 소식이 들려왔고

창밖의 어둠 속에서 낯설게 빛나는 불빛에

심장이 뛰기 시작했다.

무사히 도착했지만
숙소에 체크인하기 전까지는 마음을 놓기 이르다.

더군다나 나 또한 아부다비는 처음.

아직까지 긴장되는 마음은 당연하다.

Good?
Is it OK?

낯선 상황에 내가 우왕좌왕하던 사이,
다음은 뭐였더라…

미처 확인하지 못했던 엄마의 감정은
아부다비 여행을 마칠 때쯤에야 알 수 있었다.

럭셔리 호텔을 만끽하려던 계획

공항에 도착하고도 할 일은 많이 남아있었다.

하지만 동시에 체력은 점점 바닥을 보였다.

너무 좋다!
이렇게 호화로운 곳에서
자는 거야?
엄마를 위해 준비했지!

주차해주고
우리 짐은 방에 가져다줄 거야!
엄마는 몸만 따라와~
어머, 너무 좋다~

나의 계획대로라면 지금까지의 이동은 고되었지만

이쯤에서 엄마는 멋진 호텔에 감동하고
여행의 시작을 제대로 만끽해야 한다.

그러나 우리를 마주한 건 완전히 예상 밖의 상황.

...What happened....

...무슨 일 있어?

새벽 1시 반, 낯선 나라, 낯선 도시의
낯선 호텔 로비에서 청천벽력 같은 말을 듣자
트라우마처럼 예전의 비슷한 상황들이
떠오르며 온몸이 굳어버렸다.
한참 동안 직원에게 상황을 제대로 설명해달라,
도움을 달라 실랑이를 벌여봤지만

돌아오는 대답은 똑같았다.
죄송하지만
손님 예약은
이미 취소되어서
저흰 할 수 있는 게
없습니다.

뒤늦게 오매불망으로 나를 기다리고 있던
지친 엄마를 발견하고는

뭐가 됐든 일단 들어가 쉬어야겠다는 생각에
결국 그 자리에서 새로 1박 현장 결제를 했다.

그렇게 겨우겨우 들어가게 된 객실.

룸 컨디션도, 창밖 풍경도 너무 멋졌지만

내 눈에는 그런 게 들어올 리 없었다.

라면 냄새는 못 참지

일어나자마자 전날
호텔 로비에서 있었던 일이 꿈처럼 느껴졌지만

여기 어디지...?!

어렵게 연결된 상담사와 연락해본 결과,
돌아온 대답은 의외였다.

그러니까...
제가 지난달에
예약을 취소했다고요?

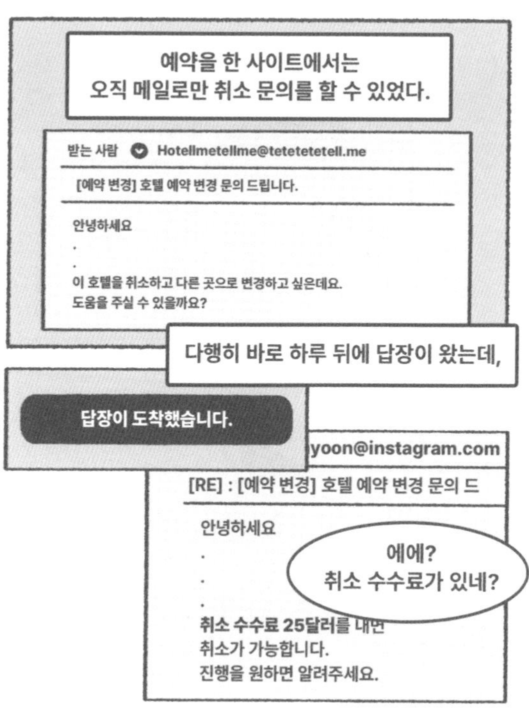

결국 그냥 기존에 예약한 이 호텔에 묵기로 했었다.

받는 사람 : shunyoon@instagram.co

답장 왔다.

[RE] : [예약 변경] 호텔 예약 변경 문의

슌 고객님은 예약 시 아래
취소 약관에 동의하셨습니다.
.
.
"예약 확정 후 ~~시간 이후에는
취소 수수료가 발생합니다."

아,
이런 내용이 있었구나.
그럼 그냥 묵어야겠다.
(답장)
이해했습니다.
그럼 이 호텔을
취소하지 않겠습니다.
감사합니다.
타닥..
타닥..

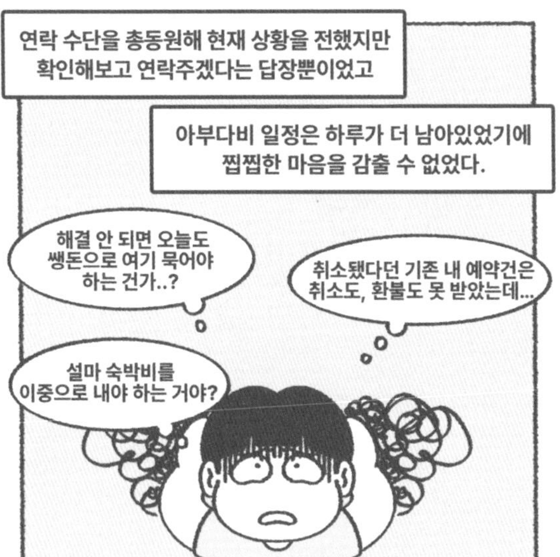

기약 없는 이 문제에 혈안이 된 나를 발견한 엄마.

아들, 아침 먹자.

나
배 안 고파...

화가 났다.
실수한 건 거기 직원인데 왜 금전적, 감정적, 시간적 피해는 모두 내가 고스란히 받고 있어야 하는 거지...?

동시에 그런 감정을 표출하지 못하는 상황이니, 답답하기도 했다.
엄마가 있으니까 대놓고 화를 내거나 짜증을 낼 수도 없어... 그냥 이 문제가 잘 해결되기만 했음 좋겠는데.......

억울하고, 화가 나고, 답답한 나만의 세계를 찌르고 들어온 녀석은
?
치익-

...보다는 평화롭게 흘러가는 엄마의 타임라인이었다.

행복한 시간을 만들기 위해 온 여행,

나도 한 입만.

ㅋㅋㅋㅋ 자

그 사실을 상기시키는 데는 오랜 시간이 필요치 않았다.

엄마적 사고

컵라면 두 개, 기내에서 남긴 브라우니 조각,
호텔에 비치된 인스턴트 커피…

마음에 평화를 부르는 존재는 참 단순했다.

호텔은
잘 해결된 거야?
아직.
어떻게 될지 모르겠어.
근데 그냥 그건 잠깐 잊고
아부다비 여행에
집중하려고.

그래, 상황에 맞게
가면 되는 거야.
…

……나는 원래
문제가 생기면 그 자리에서
어떻게든 해결을
해보려고 하거든.

어제도 체크인할 때
도저히 이해가 안 돼서
어떻게든 해결하려고 했는데…
엄마 기다리는 거 보니까,
엄마가 너무
지쳐보이는 거야…ㅋㅋ
그때부턴 일단 빨리 들어와서
쉬어야겠단 생각밖에 안 들더라고.
내일 일정이 있으니까.
맞아, 잘했어.

네가 더 살아보면 알겠지만
앞으로도 예측 못 하는 순간들을
많이 마주하게 될 거야.
그런 순간에 머무를수록
오히려 망가지는 건 너란다.

엄마를 위해서도 좋지만,
엄마는 네 자신을 위해서 부정적인 상황에
오래 머물지 않길 바라.
늘 유동적으로
우선순위를 바꿔가며 나에게 맞는 선택을
해 나가면 되는 거야.

무슨 말인지 알지?

오늘 루브르 박물관 갈까?!
그럴까?!

잘하고 싶어서 그랬어

아부다비에서 처음으로 향한 곳은
아부다비 루브르 박물관.

에메랄드 빛 바다를 배경으로 세워진
기하학적인 건축이 인상적인 곳이었다.

엄마는 가슴속에 잠들어있던
예술학도 소녀의 꿈을 깨우는,

나는 몰랐던 엄마의 취향을 발견하는 시간을 가졌다.

이번엔 시간에 쫓기는 내가 문제였다.

동시에 충돌하는 '잘' 하고 싶은 마음.

엄마에게 더, 더 좋은 것만 주고 싶었던 마음은

어느 순간부터 본질을 잃고 있는 것 같았다.

어머,
여기도 너무 예쁘다~
이쪽에서도 사진 찍어줘!
으, 응…!!

chal
kak

어머! 바닷물 색 좀 봐!
에메랄드 빛이네.
그…그러게…
엄마가 여기
좋아하는 거 같은데…
더 구경하고
가야 할 것 같아…
근데 벌써 식당 예약 시간
넘었잖아… 어쩌지…

어머~ 여기 길
예쁜 것 좀 봐.
아까 왔던 길 말고
이쪽으로 돌아서 가볼까~?
한 시간 전에
예약한 건데...
이 나라는
예약 시스템이
어떻지? 노쇼하면 안 될 텐데...
아, 스트레스 받아.
나는 왜 예약을
해가지고...
세상에~
이 나무 좀 봐.
엄청 크네!
...지금 나무가
중요한 게 아냐!!!!!

저 위에 달린 열매
무슨 열매인 줄 아.
엄마!

다음 식당
예약 시간이 돼가지고...
빨리 가야 할 것 같아!
으..응
?

Enjoy the meal~

어머나~ 맛있겠다!

양이
얼마나 되는지 몰라서
일단 이것저것
시켜봤어…

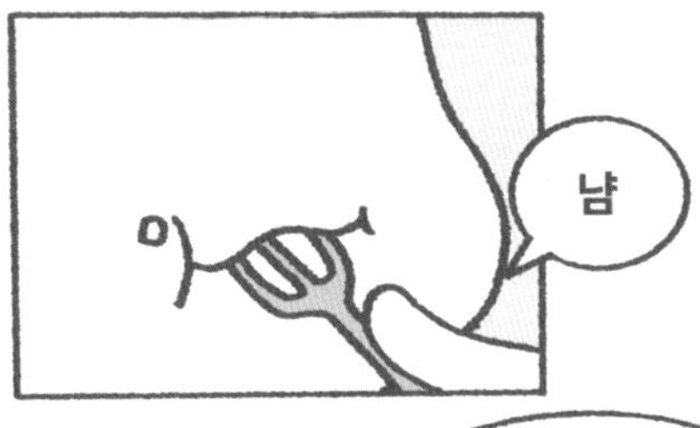

우리 아침도 제대로 못 먹었잖아. 많이 시켰으니까 든든하게 먹자.
그래, 와인도 한 잔 할까?!
나는 운전해야지. 엄마 한 잔 해요!
아, 그렇지. 그럼 엄마도 됐어~!

엄마.
응?

앉아서 뭐 좀 먹으니까 이제야 여유가 좀 생긴 것 같아.

그러니?

응, 어제부터 지금까지 내 정신이 너무 사나웠거든.

그랬어? 몰랐네.

나 혼자 뭐에 쫓긴 듯
미친 듯 정신이 없는데…
그 와중에 엄마를 보니까
엄마가 너무 평화로운 거야
ㅋㅋㅋ

나무에 달린
열매 이름 뭐냐고
묻고 있고 ㅋㅋㅋㅋ

이 열매 이름이
뭐야~?

그 순간 아차 싶더라고.

여유로운 시간을
갖기 위해 온 여행에서
나는 뭘 위해 이렇게
쫓겨다니나 싶어서.

엄마와
여행 온 이유를
다시 상기시켰어.

여행 경력이 나보다 훨씬 적은 엄마로부터
자꾸만 깨닫게 된다.

여행은

...사실 이 다음 일정은
그랜드 모스크랑 대통령 궁에
가는 건데, 시간이 좀 애매해졌어.
내일은 시간 내어 두바이 가야 해서
그랜드 모스크 못 갈 것 같은데...

그럼 지금 가자!

지금?

함께하는 거란 걸.

응, 두바이로!

눈물이 없는 엄마

지금? 두바이로 가자고?
응, 어차피 내일 밤 새벽에 스페인으로 넘어간다며. 내일 가면 더 정신 없을 것 같아.
음... 생각해보니 그렇네. 오늘 두바이에 갔다 오고 내일 여유롭게 다니다 일찍 공항으로 가는 게 낫겠다.
응, 공항 근처에 호텔 예약도 했다며?
새벽 비행 이니까...
비행기 타기 전에 조금이라도 자고 가야지.

그래! 그럼 지금 가자!
좋아~

식사를 마친 우린 소화를 시킬 겸
식당 앞 바닷가를 거닐었다.

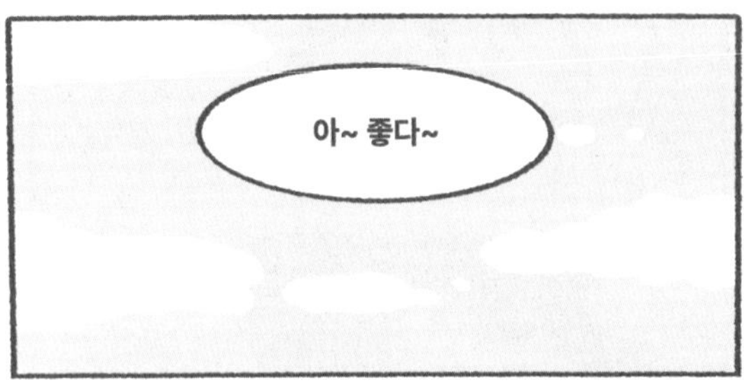

엄마, 나는 이제야 좀
여행하는 기분이다.

여유를 제대로 찾았나 봐~
긴장도 좀 풀리고.

눈이 부시게 푸른 에메랄드 빛 바다, 하얀 백사장.
카메라를 갖다대는 모든 곳이 그림 같았다.

이제야
이런 풍경이
눈에 들어온다...

언제였던가.

엄마!

우리는 잠시 그늘에 앉아 이야기를 나눴다.

음... 바르셀로나에
유명한 게 뭐가 있지? 축구?
음식이 엄청
저렴하고 맛있대.
아, 그리고
사그라다 파밀리아!
그 성당이 엄청 유명하지.
사그...뭐?
사그라다 파밀리아.
안토니오 가우디라는 건축가가
지은 성당인데, 거기서
우는 사람들도 있대.
그 정도로
감동적이야?
응, 엄마도 거기서
울 수도 있겠다 ㅋㅋㅋ
엄마는 눈물이 없어~
에이~ 엄마가?

그리고 알게 된 새로운 사실.

응, 정말로!

엄마 몇 년 전에
걸렸다던 그 병 증상이야.
증상 중 하나가
눈물이 나오지 않는 거야.

...???
누나 결혼식이랑
외할아버지 장례식 때
엄마 우는 거 본 적 있는...

그건 그 병 갖기 전이었지~
이제 엄마는 눈물이 안 나와.

눈물이 없어 울지 않는다는 엄마.

나는 좋아해야 할까, 슬퍼해야 할까?

3장
엄마는 언제부터 엄마였을까

생애 처음 겪는 엄마의 세계에서
이름 석 자 대신 '누구 엄마'로 불리며
헤매고 또 헤맸을 그 서툰 소녀를
이제는 꼭 안아주고 싶다.

당일치기 두바이 여행

아부다비에서 두바이까지는 한 시간 반 거리.
난생처음 보는 140킬로 속도 제한 표지를 보며 열심히 악셀을 밟았다.
완전 허허벌판이네.......

여긴 날이 더워서 나무들도 다 죽어가고 있어.
사막 위에 나무들을 급하게 많이 심어서 그런가?

두바이가 가까워질수록 축 쳐진 나무들은 사라지고,
촘촘하게 밀집된 고층 빌딩 숲속이 모습을 드러냈다.

두바이에 도착해 가장 먼저 방문한 곳은 두바이몰.

여기가 세계에서
가장 큰 쇼핑몰이래.

그래? 규모가
어마어마하네...

아부다비와 비교해 훨씬 많아진
다양한 사람들을 구경하는 재미가 있었다.

우리의 일정은 두바이몰, 그리고 분수쇼. 끝!

분수쇼 보러가기 전에
마트나 구경할까?

콜!

좋지! 와인 사가자!
이따 호텔에서 마시게~

다시 아부다비에 돌아가야 해서 시간이 많지 않았다.

와인 찾아 삼만 리

실례합니다.
여기 혹시 두리안 있나요?
...아, 두리안이오.
냄새 때문에 판매하지
않습니다.

냄새나서 안 판대
ㅋㅋㅋㅋㅋㅋㅋ
ㅋㅋㅋㅋ아쉬워라.

꼭 두리안이어야 해?
여기서만 먹을 수 있는
과일을 먹고 싶어.
집중

이걸로 하자!
이건 태국이랑 페루산인데...?;;;
—— 대충 그렇다고 쳐~
여기 와인은 안 파나?
그러게, 아까 직원한테 물어봤더니 안 판대. 맥주는 있던데... 신기한 일일세~
저기 인포메이션 가서 와인 파는 데 어딨는지 물어볼까?
됐어~ 여기 없을 것 같어~

있대! 엄마!
와인 파는 데!
INFORMATION

이쯤에
있다고 했는데....

SUPER
MARKET
어, 여긴가 보다!

헬로~
여기 와인 있나요?
와인...?

스윽

?

디스카운트 카드~

디스카운트??

예스~ 넥스트 숍,
유 캔 유즈 잇~

뭐라고
하는 거야…?

이 옆 가게 가서
이거 내면
주류 할인 해준다는…
뭐 그런 얘기 같은데?

그럼 일단 가보자.

어, 여긴가?

스-윽

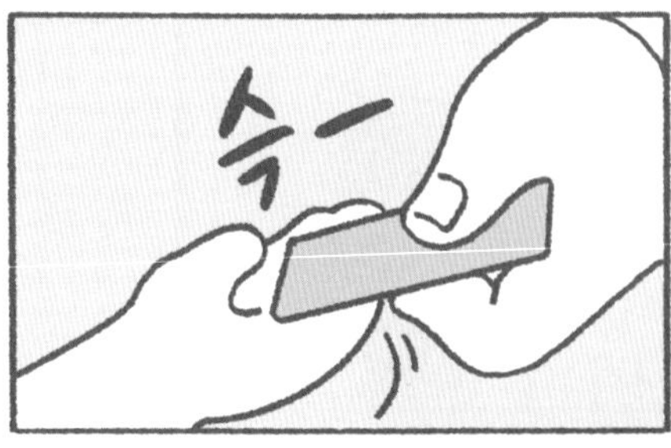
스-

OK.
덜
컥

...우리 맞게 들어온 거니?
이거 맞는 거야...?
모...모르겠어...
왜 여기 지하 벙커 같은
곳이...
엇...!

맞네! 술 파는 곳...!
어머...!!

3장 엄마는 언제부터 엄마였을까

레드, 화이트, 위스키,
럼, 뭐 다 있네~
어머, 웃긴다ㅋㅋㅋ
왜 여기 다 숨겨놓고
파는 거야?
그러게,
종교 때문인가...?

그래서 아까
그 빨간 카드 줬나 보다.
맞네! 관광객 위주로
판매해서 그런 건가
보네~
ㅋㅋㅋㅋ
너무 재밌다!!

와인 에피소드는 여행 내내 두고두고 회자되며
엄마와 나에게 좋은 안줏거리가 되었다.

팔자에 없던 신선놀음을

와인까지 구매한 뒤 우리는 분수쇼를 관람했고,

더 어두워지기 전에 다시 아부다비로 향했다.

돌아오는 길, 초행길인데 길 하나도 안 헤맨다며
기세등등했던 나는

결국 막바지에 두세 번 길을 잘못 들어 뱅뱅 돌아왔고,

완전히 어두운 밤이 되어서야 호텔에 도착했다.

비록 호텔 문제는 해결되지 않았지만,

137

피할 수 없으면 즐기기라도 해야지, 뭐 어쩌겠어...!

잠시 호텔 문제를 잊은 나는 신선놀음을 실컷 즐기고

모험을 약속한 밤

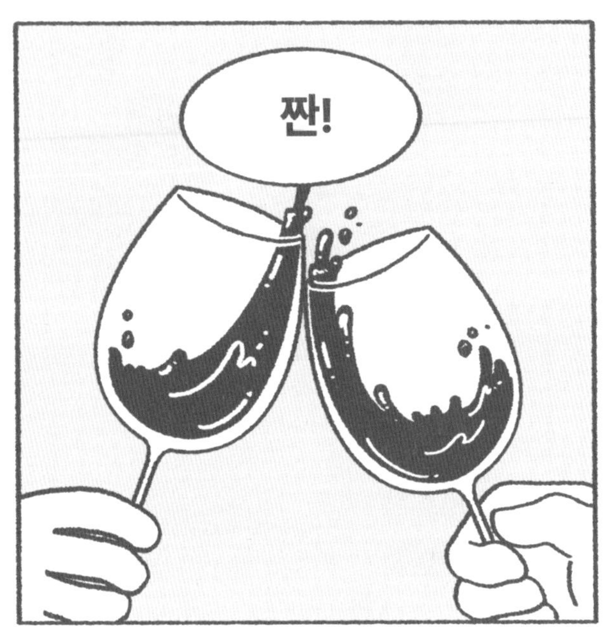

캬!

엄마, 야경 좀 봐.
대박이야.
정말 너무 멋지다.

두바이에서 사온 와인 한 병과 망고,
점심으로 먹다 남은 햄버거와 감자튀김.
그리고 창밖으로 펼쳐진 야경.
천국이 따로 없네.
어제오늘 천국과 지옥을
왔다 갔다 하네ㅎㅎ
행복이 별거니~?
나는 지금까지 느끼지 못했던 여유를 즐기고 있었다.

엄마.
응?
미안해.
뭐가??

어제부터 오늘까지 전부 다.
많이 긴장해서 여유가 없었어.
괜히 엄마까지 초조하고
불안하게 만든 것 같아
계속 신경이 쓰였어.

...

너무
잘하려고 할 필요 없어.
너는 어렸을 때부터
항상 뭐든 잘하던 아이였어...
속도 안 썩이고... 제 할 일도
알아서 하고...

그 모습이 조금
안쓰러워 보일 때도 있더라.

가끔은 그냥
흘러가는 그대로 두자.

…

그래도 괜찮아.

엄마가 좀 더 살아보니
알겠더라고.

무엇이 그렇게 바쁘게 나의 뒤를 쫓고 있었을까?

마음을 조금은 가벼이 먹어도 되었을 텐데.

엄마는 정말
다 상관 없어.

너와 함께하는 여행,
그게 다야.

엄마니까, 엄마여서, 엄마를 위해.
무의식중에 자리하고 있던 엄마를 '모셔야 하는' 여행.

아마 여행이 끝날 때까지
엄마를 보호해야 한다는 무게를 완전히 덜 수는 없겠지만,

서로를 생각하는 마음만 있다면
아, 정말...?
엄마 무서웠구나... 몰랐어...

최고의 여행 파트너가 될 수도 있지 않을까?
내가 더 든든하게
책임져야겠네!
엄마도 노력할게!

대통령궁에서 찾은 엄마의 전생

다음 날 아침, 아부다비 3일 차.

분명 전날 흘러가는 대로 가기로 결심해놓고
아침부터 머릿속은 빠르게 돌아갔다.

이내 재빨리 생각을 고쳐 먹었지만.

첫날부터 머릿속을 괴롭혔던 호텔 문제는
나중에 생각하기로 했다.

엄마, 아침 먹으러 가자!

조식 신청했어?

응, 호텔은 조식이지~

어차피 지금이든 나중이든 해결해야만 하는 문제라면,
현재를 즐기기는 편이 여러모로 생산적일 테니까.

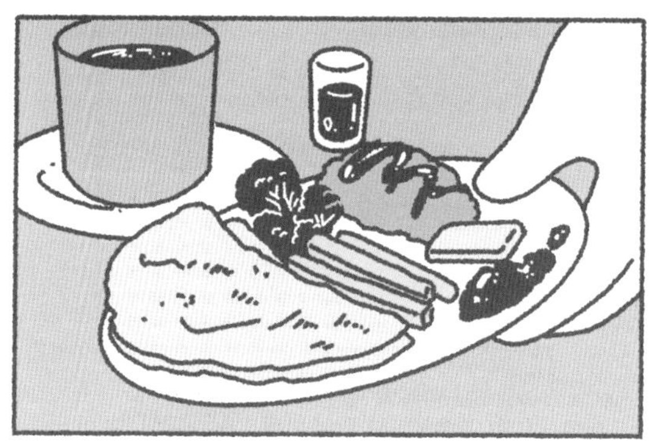

자, 오늘 일정 브리핑
시작하겠습니다.
네! 시작하시지요~

어디 보자~
아부다비 여행 일정
• Day1
✓ 대통령궁
http://maps.google/
✓ 시내 맛집 추천
1. 이탈리안 napoli
2. 현지 음식
페 추천

151

오늘은 대통령궁과
셰이크 자이드 그랜드 모스크만 갈 거야!
일찍 공항 근처 호텔에 가서 쉴 거예요~
끄덕
끄덕
마드리드행 비행기는
새벽 2시 반 출발이니까 11시 반쯤
일어나 체크인하러 갈 거구요~
끄덕
끄덕
엄마, 근데
되게 잘 먹는다.
어쩜
나보다 현지 음식을
더 잘 먹어?
푸하하하하
엄마가
얘기했잖아~
엄마는 흘러가는 대로
산다고 ㅋㅋㅋ

대통령궁에서 나눈 대화 1번.

대통령궁에서 나눈 대화 2번.

대통령궁이 편하다고?
엄마, 영부인이었구나!
어머, 맞네.
전생에 여기 영부인이었나 봐.
영혼이 없는 궁에서 전생의 영혼을 찾는 엄마였다.

아바야를 입은 핑크 요정

UAE에 있는 최대 크기의 모스크로,
아부다비 여행을 검색했을 때 가장 먼저 나와 일정에 넣었다.

대통령궁에서 셰이크 자이드 그랜드 모스크까지는
차로 20분 정도 걸리는 가까운 거리.

호기롭게 입장을 시도한 엄마는
복장 제한에 걸리고 말았다.

입장할 수 있는 유일한 방법은 기념품 숍에서
아바야*를 구입해 입는 것뿐이었다.

*아바야 : 아랍 전통의상 중 하나로 얼굴, 손발을 제외한 온몸을 가리는 겉옷.
이란에서는 비슷한 옷을 차도르라고 부른다.

엄마, 골라 봐.
어떤 색이
마음에 들어?
엄마는 이걸로 할게.

이거 사이즈 있어요?
오우, 쏘리...
그 컬러는 엄서용.

엄마에게 화려하다는 게 싫다는 뜻은
아니었던 모양이다.

사원 내에서 사진 촬영은
매우 제한적인 상태에서만 가능했는데,

그래서 엄마의 핑크 아바야가 더 빛났는지도 모르겠다.

이거 봐봐.

포즈가 제한적인데
컬러가 자유분방하니까
밸런스가 딱 맞잖아.

그러네! 핑크가
신의 한 수였네!

푸합!
왜 그래?
엄마, 이거 꼭
요정 같아!
어머, 그러게
ㅋㅋㅋ

엄마가 낯설게 느껴질 때

마드리드행 새벽 비행기가 예정되어있어,
조금이라도 눈을 붙이는 게 좋을 것 같아 예약을 해두었던 곳.

샤워 후 엄마가 한국에서 챙겨온 라면을
간단히 챙겨 먹고는 그대로 곯아 떨어졌다.

12시쯤 됐을까.
알람 소리에 눈을 뜬 엄마와 나는
비몽사몽한 상태로 마드리드행 비행기에 탑승했다.

나는 너무 피곤한 나머지 비행기에서 쪽잠을 잤지만,

나중에 들어보니 엄마는 이 이동에서
약간의 폐쇄 공포를 느꼈다고 했다.

엄마의 폐쇄 공포는 눈치채지 못했지만,

또다시 시작된 장시간 비행*에 불편함이 역력했던
엄마의 표정과 상태는 이동 내내 신경이 쓰여서

*아부다비에서 마드리드까지 비행은 8시간이 소요된다.

쪽잠의 와중에도 실눈으로 엄마를 살폈던 것 같다.

그때는 별안간 왜 눈물이 나오는지 몰랐다.

막상 마드리드에 도착해,
저 멀리 출입국심사대 대기줄에
혼자 서 있는 엄마의 모습을 보니

눈물의 이유를 조금은 알 것 같기도 했다.

계속 붙어있다
잠깐씩 떨어져있는 엄마를 볼 때마다 발견한다.

엄마가 아닌, 한 사람을.

그 모습이 너무 낯설어,

30여 년간 내가 알던 사람이 맞나 싶은 생각이 들어,

?
스윽

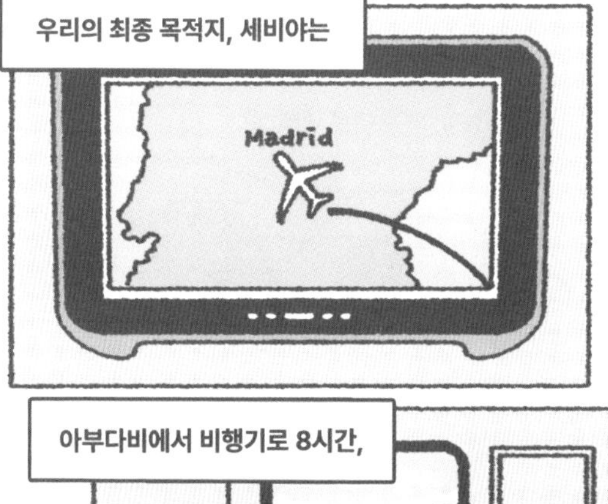

아부다비에서 비행기로 8시간,

마드리드에서 기차로 3시간을
더 이동하고 나서야 도착할 수 있었다.

숙소로 향하는 택시 창밖으로는
스페인의 뜨거운 햇살과 신비로운 보라색 꽃들이
흐드러지고 있었다.

동화 같은 풍광에 피로가 가시고

심장이 다시 쿵쿵대기 시작했다.

4장

함께해서 특별한 아주 보통의 날들

함께라면 즐겁게 헤맬 수 있다.
뱅뱅 돌아가는 건 마찬가지지만
길 위의 나는 외로울 틈이 없다.
곁을 내어준 이들과
오래도록 나란히 걷고 싶다.

세비야에서 만난 우리

바로 우리를 만나는 일.

연영과에 입학하려면 연기는 물론
춤이나 노래도 따로 준비해야 했는데,

워낙 춤에 재능이 없던 나는 골머리를 앓고 있었다.

그러던 중 춤을 잘 추는 우리라는 친구를 알게 되었고,

(당시 뮤지컬과는 몇 개 없었고, 입시 전형도 조금 달랐음)

그때부터 조금씩 친해지기 시작했던 것 같다.

본격적으로 친해졌던 계기는
연영과 낙방으로 나의 재수가 확정되고

다음 해에 뜻하지 않았던 뮤지컬과에 입학하게 되면서

떼려야 뗄 수 없는 '뮤지컬'이라는 키워드가
우리 사이에 생겨 버린 것이었다.

마음속 깊이 묻어뒀던 고민들을 털어놓았던 시간이
어느덧 13년.

서로가 서로에게 각별한 사이가 되었단 것을.

오늘 있다가
내일 가는 거지?
응, 응.
내일 저녁 비행기야.
진짜 대단해.
어떻게 주말에 여기까지
왔어.
그것도
1박 2일로.
주말밖에
시간 안 되더라고ㅋㅋㅋ
평일엔 알바하거든.
오빠 보러 온 거지~

어머니는?
어디 가셨어?
아, 엄마 이동하는 데
너무 고생해서 숙소에서
잠깐 주무시라고 했어.
그동안 나는 빨래방에
빨래 좀 맡기고 너 마중
나온 거고.
아~

확실히 여기 날씨가
런던보다 더운 것 같아...

맛있는 거 먹으러 가자!
너무 좋아!!!!

다 함께
잔을 기울이며

엄마, 이쪽은 우리.
나 고딩 때 연기학원 다니면서부터
친했던 동생이야.
응, 얘기 많이 들었어.
오느라 너무 고생했겠어.
아유,
어머니가 더 고생이셨죠.
한 잔 마실까요?

캬-아!

어머!
스페인 맥주 꿀맛이네.
진짜!
피로가 녹는다, 녹아.
이 문어도 좀 먹어봐.
진짜 맛있어!
아무 데나 보이는 데
들어온 건데 선방했다.
그러게. 맥주도,
음식도 다 맛있어.
우리는 영국에서 산다고 했지?

아, 네! 저 런던에서
학교 다니면서 연기 공부하고 있어요.
와, 대단하네.
연기 학교에 들어간 거야?
네, 이제 온 지
1년 다 되어가고
있는 것 같아요.

얘 진짜 대박이야. 무대 위에서
영어로 연기한대! 이번 졸업 공연에선
주인공 맡았다고 하고.
우리야, 너무 멋있다!
아유~ 멋지긴요...

현실은 그냥 가난한 유학생이에요.
평일 저녁엔 한식당에서 알바하고 주말에 짬내서 연습하고…
너 거기서 알바도 해?
당연하지. 월세 내려면 해야 돼..ㅠㅠ 단칸방 월세가 150만 원이야…
헉… 거기서도 생활력 엄청나구나, 너…
엄마, 나는 우리가 진짜 멋있다고 생각하는 게
얘는 어떻게든 혼자 힘으로 꿈을 이루려고 해.
대학 시절에도 안 해본 알바가 없고, 런던 오기 전에는 치과에서도 일했댔나?
어… 그 아찔한 기억….ㅋㅋㅋㅋㅋㅋ

런던 유학도
순 자기 힘으로 온 거고.
대단하다, 우리야.
아유~ 내 칭찬 타임이야?
부끄럽게 왜이래ㅋㅋㅋㅋ

어머닌 여행 어떠셨어요?
아들이랑
같이 유럽 여행이라니.
너무 좋으실 것 같아요.
그냥 다 너무 좋지.
이렇게 좋을 수가
있나 싶어.
그렇다기엔 지금 엄마 얼굴이
너무 힘들어보이는데ㅋㅋ
ㅋㅋㅋㅋㅋ체력만
좀 더 따라줬으면
좋았겠다 싶긴 하지.

아부다비도 처음 듣는 곳이었는데,
너무 예쁘더라고.
그래서 엄마가 '예쁘다비'라고
별명도 지어주고 왔어
ㅋㅋㅋ
예쁘다비? ㅋㅋㅋ 역시
작가님 어머니라 작명 센스가...!

그런데 그보다 더 좋은 곳이 있더라~
?? 그게 어디였는데요?

지금 여기!
우리 만나서 너무 행복해~!
어머ㅋㅋㅋㅋ 정말요?!
저돈데...!!! 너무 행복해요!!!
푸하하하
둘이 뭐야 ㅋㅋㅋㅋㅋㅋ

낯선 타지에서 입 한 번 열기 두려워했던 엄마는,
오랜만에 만난 한국인 친구 우리와의 만남에
신이 나서 떠들었다.

우리와 엄마, 그리고 나.
이렇게 셋이 웃고 떠들며 친구처럼 대화하는 상황이
나는 그저 신기할 뿐이었다.

그날 저녁, 피곤함 사이사이로 녹아든 웃음과 취기에
이제야 정말 완전한 여행 안에 접속했다는 기분이 들었다.

참 이상한 일이었다.

무려 13시간이 넘는 장시간 이동으로
잠도 제대로 자지 못했는데,

보고 싶었던 친구와 맥주 두 잔으로
어디든 갈 수 있을 것처럼 꽉 찬 상태일 수 있다는 게.

결혼식과 장례식이 공존하는 거리

맥주 두 잔에 우리는 세비야 거리를 한국처럼 누볐다.

오후 10시가 되어가는 시각에도 아직 환한 거리,
북적이는 사람들과 시원한 밤공기.

그야말로 삶의 활기로 가득 찬 도시, 세비야.

반면 삶 이면의 모습도 공존하고 있었다.

어머, 저기도
결혼식인가?

노래 분위기가
꼭 장송곡 같은데.

어, 맞다.
장례식이야.

양극단의 행사가
한 공간에 열리고 있던 세비야의 거리는

삶과 죽음, 그 둘을
떨어뜨려 놓을 수 없다는 사실을 상기시켰다.

어쩐지 지금 느끼는 행복에 책임이 생긴 기분.

누릴 수 있을 때 실컷 누려야 할 것만 같았다.

길을 걷다 우연히 발견한 야외 콘서트를 기다리며
세비야의 길거리 음식도 사 먹었다.

이거 달팽이 요리래!

으악!

엄마의 누적된 피로가 걱정이었지만,
엄마, 피곤하면 먼저 들어가도 돼!
엄마도 와인 마실래.
만능 포션 와인 덕에 세비야의 첫날 밤은 행복으로 막을 내릴 수 있었다.
정말 좋다, 엄마. 그치?
응. 행복해.

엄마를
꼭 껴안을 용기

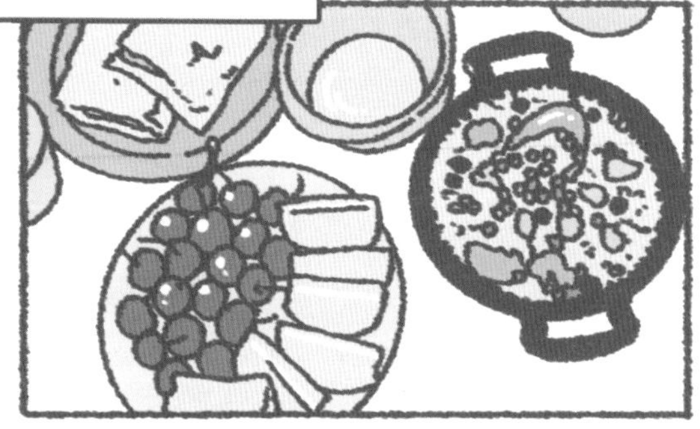

전날 마트에서 장 봐 온 음식들을 데워 아침을 해결하고

본격적인 세비야 여행을 시작했다.

맑은 날씨, 깨끗한 공기, 쾌적하고 아름다운 거리.

평소 감정 표현도 잘 못 하는 아들이지만
이번 여행에서만큼은 자꾸만 용기가 생긴다.
조금
부끄럽지만…

그렇게, 어쩌면 성인이 되고 처음으로
엄마를 꼭 껴안은 사진을 찍을 수 있었다.

세비야 여행의 첫 목적지는 세비야 대성당.
마침 주일이라 성당에서는 미사를 드리고 있었다.

엄마는 난생처음 보는 거대한 유럽의 건축물과
낯선 미사 풍경에 놀라 넋을 놓고 바라보았다.

걷고 먹는 것만으로도 충만해져

세비야는 도시 자체가 그림 같아서,
그냥 걷는 것만으로도 여행이 되었다.

오죽하면 점심을 먹기도 전에 찍은 사진이
1,000장은 넘은 것 같다.

수채화 같았던 유대인 지구,

이윽고 우리 테이블 위로 펼쳐진 음식의 향연.

구운 오징어와 돼지고기 스테이크,
피스타치오 크림이 올라간 버섯구이!

눈물이 날 만큼 정말 맛있는 식사였다.

음식 하나에 진심으로 감동하는 마음은
얼마나 귀한 것이 되었을까?

한 잔 할까?!

FREIDURIA ALBOREA

짠짠~!

행복은 멀리 있지 않다는 말을
온몸으로 꼭꼭 삼키는 점심 식사였다.

작별 인사

벌써 헤어질 시간이다.
짧다, 짧아.
그러게.
너무 아쉽다, 오빠.
.CHURROS
반나절 여행하고
다시 런던으로 돌아가는 일정이라니...
그럼에도 와줘서 너무 고마워.
덕분에 나는
향수병 다 치유됐는걸!

사실 올해 울 엄마랑 오빠가 영국에 오기로 했었거든.
그것만 기다리고 있었는데, 코로나 터지면서 다 무산됐어.

'나란 사람은 어떤 사람일까?'에 대한 고민... 타지 생활이 길어지다 보니까 정체성이 흐려지고 있는 것 같기도 해.
그런 주제로 글을 써보고도 싶은데...
나는 완전 추천!
네가 네 이야기를 썼으면 좋겠어.
그래?
응! 나한테 들려준 얘기 그대로도 충분해! 네가 꿈을 일궈나가는 방식은 온전한 너만의 것이잖아.
그런 얘기를 사람들이 좋아할까?
그럼! 지금 우리가 사는 이 세상은 가장 나다운 것이 잘 통하는 시대라고 생각해.
흔한, 같은 주제라도 너의 이야기라면 말이 달라지지.

런던에서
네가 보고, 듣고, 느낀 것들.
나는 더 듣고 싶어!

조금이라도 고민의 지점이
맞닿아 있는 이들에겐
엄청난 위로가 될 거야.

...정말 한번
써봐야겠다.

헉, 시간이 벌써!
얼른 가봐야겠다.
비행기 놓치겠어.

어머, 그러게.

우리야.

응?

우린 모두 물결처럼 흘러가고 있어

세비야를 떠나는 날 아침,
우체국에 들러야 했다.

지저귀는 새소리, 아침을 준비하는
분주한 상인들의 목소리, 반짝이는 건물과 나무들...
우체국이
이쯤이던가?
우체국에 가게 된 덕에 전날 저녁
엄마와 관람한 플라멩코 공연과 상반되는
세비야의 평화로움을 발견할 수 있었다.
건물마저 멋졌던 세비야 우체국에서
어찌저찌 택배를 부치고는,
우체국이
이렇게 멋질 일이야...?

서둘러 혼자 있는 엄마에게 돌아가 물었다.
엄마, 이제 곧
세비야랑 작별이야!
가기 전에 가장
하고 싶은 게 뭐야?

에스프레소 문화가 익숙한 유럽에서 만나는
간만의 아메리카노.

세비야의 마지막은 아이러니하게도
스타벅스가 장식하게 되었다.

비행 시간까지 제법 여유로워서
세비야의 과달키비르 강을 산책하기로 했다.

유유히 흐르는 강물을 아무 생각 없이 바라보고 있자니
마음의 소리가 들려온다.

이번 여행에서 자꾸만 앞으로 나아가려는 나에게
스르륵—

멍 좀 때려보라고.

앞으로 나아가기 바쁜 세상에서
AIRPORT

구름의 움직임, 강물의 물결, 밤하늘 별의 반짝임을
가만히 들여다보는 일은 사치가 되었다.

잠깐 멈춰 서 이미 가진 것들을
잠시 들여보는 일이 사치라면,

홍청망청, 이 삶을 써버리고 싶다.

바르셀로나, 엄마에게도 나에게도 완전히 새로운 곳.

얼마나 즐거운 일이 우릴 기다리고 있을까?

비가 내려서 오히려 좋아

바르셀로나의 첫인상은 세비야와 사뭇 달랐는데,
거기엔 날씨가 크게 한몫했다.
엄마,
잠 잘 잤어?
으응…
좀 춥더라.
태양의 축복을 받은 도시 같았던 세비야와 달리
바르셀로나는 첫날부터 추적추적 비가 내렸기 때문이다.
비가 내리네…
오늘 여행할 수 있을까?
그러게…

기분 전환을 위해 우리가 선택한 아침 메뉴는
납작 복숭아와 크림치즈.

이게 유럽에서만
먹을 수 있는 복숭아야.

그래?

마침 숙소에 개인 마당까지 마련되어있어
열심히 기분을 내보려 했지만...

딱딱하다.

엇... 내가 생각한
물복 맛이 아니야.

실망~

금방이라도 비가 쏟아질 것 같은 흐린 하늘을
애써 못 본 척하고, 우리는 여행을 시작했다.

람블라스 광장으로 시작해
보케리아 시장,
추천받은 식당에서 야무지게 점심 식사도 했다.

그러나… 아니나 다를까, 점심을 먹고
고딕 지구를 걷는 중에 장대비가 쏟아지기 시작했다.
으악, 비 온다!
처마로 가자.

숙소로
돌아가야 하나…?

왜 벌써 돌아가~ 좀 그치면
우산 쓰고 다니면 되지.
엄마 괜찮겠어?
그럼~!

마침 우리가 있던 고딕 지구는
비 내리는 풍경과 정말 잘 어울렸다.
꼭 영화 속
한 장면 같아!
저기서
연주도 하나 본데?

어디선가 차분한 고딕 지구 건물들과 어울리지 않는
발랄한 멜로디가 들려왔다.
엄마는 갑자기 달려가서는...
엄마 저기서
영상 좀 찍어줘!
?

춤을 추기 시작했다.

바르셀로나에서 즐기는 맛의 향연

바르셀로나 추로스 맛집은 그 명성에 걸맞게
궂은 날씨에도 길게 줄이 늘어서 있었다.

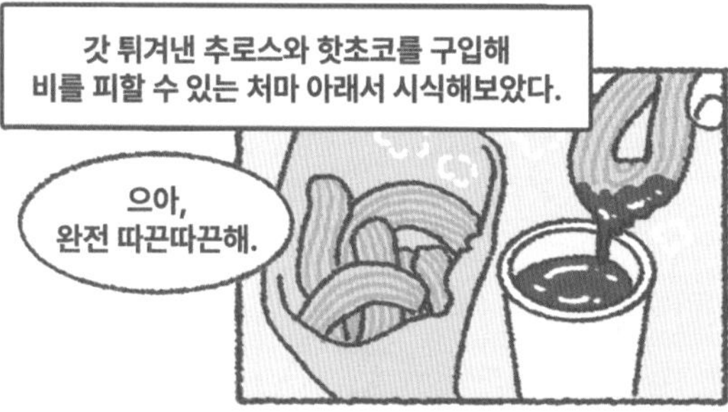

*세비체 : 생선이나 해산물을 회처럼 얇게 떠 레몬 즙이나 라임 즙, 향신채와 재어 두었다가 먹는 요리

동네 마트에서 대충 장을 봐서 해 먹는
퀄리티가 아니었다.

재료 자체가 훌륭하니, 굽고 볶는 것만으로
엄청난 요리가 되어 있었다.

이 만화를 그리게 된 이유

건축에 대단한 관심은 없지만 엄마에겐 특별한 경험이,
나에겐 새로운 영감이 찾아올지 모른다는 마음으로 신청했다.

투어를 신청한 날은 아침부터 굉장히 바쁘다.

여기 모여서
구엘공원부터 간대.

대개 이른 시각에 시작해 저녁을 먹기 전 헤어지기 때문.

오늘 가우디 투어
가이드를 맡게 되었습니다.
잘 부탁드립니다.
짝
짝
짝

일찍 세상을 떠난
가우디의 어린 조카
유품이에요.
끔찍이 사랑했던 조카가
세상을 떠나고 난 뒤,

가우디가 직접
저 인형을 붙였다고 해요.

저조한 컨디션에도 그 일화만큼은
너무나 강렬한 모양으로 마음에 남았다.
...내가 하는 창작도
저런 형태였으면 좋겠어.
그럼 다음 장소로
가 볼까요?
유한한 삶 속에서
소중한 것들을 기념할 수 있는,
그로써 타인에게도
위로를 건넬 수 있는...
사실 그 순간이, 이 만화를 그리게 된 이유다.

너무나 좋지 않은 컨디션 탓일 수도 있겠다고 생각했다.

투어를 하는 중간중간에는 오한이 있기도 해서,
비가 내렸던 전날 조금 무리를 했나 싶었다.

그땐 정말 그게 다인 줄 알았다.

우리 앞에 최악의 상황이 기다리고 있을 줄은
상상도 하지 못한 채...

5장

빛나는 순간은 바로 여기에

멀리서 보아야 빛난다.

별과 삶이 그렇다.

훗날 기억될 오늘이

미래의 우리에게 별처럼 반짝였으면 좋겠다.

출국 전날 맞은 날벼락

...나 양성이래.

-CoV-2 en la muestra. La
test), independientemente de su
ivo.

, se recomienda repetir la prueba

rse con observaciones clinicas, historial

oV-2

POSITIVO

어디서부터 잘못된 걸까?

당장 머릿속에 떠오르는 건,
이 사태가 벌어지기 48시간 전이었다.

그때부터겠지?
내가 엄마한테 계속
춥다고 했잖아…
단순 감기가 아니었나 봐.

다음 날, 옮기게 된 바르셀로나의 두 번째 숙소.

하… 하하…
사진이랑 좀 다르네…

해라도 들면 좋은데…
공기가 좀 답답하다.

볕 하나 들지 않는 좁고 어두운 방에 들어설 때부터
반갑지 않은 기운을 느꼈다.

급격히 나빠진 컨디션에
하루 정도는 집에서 종일 쉬고 싶었지만,

너 몸도 안 좋구
오늘은 쉴까?

호텔 방도 답답했겠다,
점심도 먹어야 해서 바깥으로 나갔다.

조금 짜긴 하다.

윽, 너무 짜!
오늘 다 실패야.

그리고 다음 날인 바로 오늘 아침,
바르셀로나의 마지막 날을 맞이해 추로스를 먹으러 가던 길...
어제 라멘 때문에
심각하게 부었다
ㅋㅋㅋ
그러게,
아주 빵빵하다.

겨우 500m 남짓한 거리가 너무 멀게 느껴졌다.
왜이렇게 힘들지?
그냥 먹으러 가지 말까?
왜~
거의 다 왔어!

추로스의 맛도 기대에 한참 못 미쳐 실망하고...
엄마는
맛 나쁘지 않은데?
이상하게 어제부터
다 실패하는 기분이야.

이유 모를 찝찝한 기분을 삼키며
돌아오는 길에는 곧 떠날 준비를 했다.
떠나기 전에 검사 받아야
귀국할 수 있대.
여행이 벌써 끝났구나~

그 모든 찝찝함이

코로나 때문이었음을 이제야 알게 되었다.

처음엔 의외로 침착했다.

일단 호텔 방에 엄마를 두고,
다른 병원을 찾아 또다시 검사를 받았다.
여기에
침 모아주시면 돼요.
나의 예상대로라면 검사 결과가 나온다는 3시간 뒤,
'음성'으로 적힌 결과지를 받고 귀국 준비를 해야 한다.
검사 잘 받았어?
응, 아마 아까 건
잘못 나온 걸 거야.
거기 시설도
엄청 허름했잖아(?)

그리고 3시간 뒤...

...현실을 수긍해야 할 때가 왔다.
결과 메일 왔어?
어... 나 확진이야.

그때부턴 무슨 정신이었는지 모르겠다.
엄마는 음성이니까, 엄마 먼저 보내야 하나?
안 돼. 아부다비 경유까지 해야 하잖아! 엄마 혼자 환승까지 괜찮겠어?
너무 걱정돼...!

예상했던 경우의 수 중 최악의 수가 현실이 되어버리니, 눈앞엔 당장 해결해야 할 일투성이였다.
엄마 혼자 먼저 돌아갈 수 있을...
절.대.안.돼.
단호

예약된 항공편을 취소하고, 새로운 항공편을 예약하고,
음성이 뜰 때까지 지낼 숙소도 구해야 하고...
집에 갈 수 있는 방법은 두 가지.
첫 번째, 음성이 뜬 결과지가 있거나,
두 번째, 양성이 뜬 날짜 뒤로 10일이 지났거나.

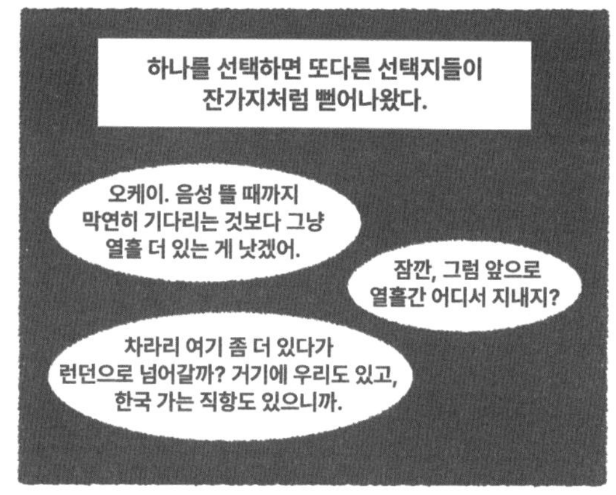

하나를 선택하면 또다른 선택지들이
잔가지처럼 뻗어나왔다.
오케이. 음성 뜰 때까지 막연히 기다리는 것보다 그냥 열흘 더 있는 게 낫겠어.
잠깐, 그럼 앞으로 열흘간 어디서 지내지?
차라리 여기 좀 더 있다가 런던으로 넘어갈까? 거기에 우리도 있고, 한국 가는 직항도 있으니까.

사태를 해결하면 해결할수록 또 다른 문제에
봉착하는 것이 꼭 진흙탕 같은 상황...
아, 맞다. 비행기 취소도 해야지.
외항사라 한국어로 소통하기가 어려운데...

실례를 무릅쓰고 시차 다른 런던에 있는
우리에게 도움을 청하기로 했다.
우리야, 갑자기
새벽에 연락해서 놀랐지?
지금 내가 이런 상황인데,
지금 취소하면 환불이 된다고 하거든?
대신 통화 좀 해줄 수 있을까?
어어, 오빠.
일단 진정하구!
걱정하지 마.
내가 잘
얘기해놓을게.

펑펑 울고 싶었다.
타닥...
바르셀로나 새 숙소,
런던행, 귀국행 비행기,
런던 새 숙소...
최소 600 정도는
더 나가겠네...
타닥...

와르르 무너지고 싶었다.
타닥...
이런 상황을 대비하지 못한
나한테 너무 화가 나...
너무 미안하다...
엄마를 이 먼 곳까지
데리고 와서...
타닥...

그치만 내가 무너지면
타닥…
타닥…
타닥…
타닥…
타닥…
타닥…
타닥…
타닥…
타닥…
타닥…
타닥…
타닥…
무너지는 사람은 나뿐이 아닐 일이었다.

여행 제2막이 오르고

갑작스럽게 추가된, 예정에 없던 열흘간의 여행.

엄마, 다 했어.

어어, 배 고프지?

모든 취소와 예약건을 마무리 지으니
오후 9시가 되어 있었다.

확진 판정을 받아서
밖에 나오기 조심스러운데,
엄마 혼자 내보내는 건
더 걱정이라...
우리 하루 종일 굶었잖아.
저녁은 먹어야지...
마스크 쓰고 있으니까
괜찮을 거야.
사람 많은 곳은 피하자.

바르셀로나의 마지막 밤이
새로운 여행의 첫 시작이 될 줄 누가 알았겠는가.

너한테 짐이
되고 싶지 않은데...
그래서 혼자 한국에 돌아갈까
상상해봤는데... 어휴, 상상만으로
심장이 쿵쿵 뛰더라구.

그날 밤, 기념으로 찍은 사진 속 우리의 얼굴은
서로를 향한 걱정과 피로가 축적되어 통통 부어 있었다.

폭풍 같았던 하루가 지나고
무슨 일이 있었냐는 듯 다음 날 아침이 밝았다.

아들, 잠깐만.
응?

이거 입어 봐!
아, 뭐야! ㅋㅋㅋ
기분 환기하는 데는
쇼핑이 최고야!

어때? 잘 어울려?
엄마가 사줄게!
짝
짝

새로운 숙소는 바르셀로나 시 외곽,
LA TORRASSA라는 지역에 위치한 에어비앤비였다.

좁고 어두운 이전 숙소를 힘들어했던 엄마를 위해
최대한 채광이 좋고 바람이 잘 통하는 숙소로 찾았다.

그 시작은 선물 같았으면 하는 마음이었다.

여기서 5일 동안 푹 쉬면
금방 나을 수 있겠어.
그치? 엄마가 마음에 들어 해서
다행이다. 얼른 장 봐와서 밥해 먹자.
그리고 그날 저녁부터 나의 몸은
본격적으로 안 좋아지기 시작했다.

서툴지만 따뜻한 엄마표 흰죽

화장실로 자리를 옮겨 받은 친구의 연락.

슌아,
무슨 일
있는 거
아니지?

소식이 뜸해서
연락했어.

뿌에에에ㅇ에—ㅇ

반가운 목소리를 듣자마자
참아왔던 눈물이 쏟아졌다.

...너 울어...??

엄마가 들을까 휴지를 문 채 숨죽여 울었다.

누구 앞에서 그렇게까지 서럽게 운 건
성인이 되고 처음이었다.

스페인의 낯선 재료들을 모아 끓여준 죽.

그 서툰 맛에서 엄마의 걱정과 사랑이 뚝뚝 묻어나왔다.

태어나서 가장 눈물이 많아진 시기가 아니었나 싶다.

우주 한가운데 나와 엄마,
둘만 남는다면 이런 기분이지 않을까?

다시 엄마 품으로

바르셀로나에서의 남은 5일은
오로지 나의 회복에 힘쓴 시간이었다.
아들, 약 먹었어?
응. 아직 침 삼킬 때마다
칼을 삼키는 기분이야.
틈날 때마다
계속 이거 마셔.
그 과정에서 엄마와 나의 관계에 대해
한 번 더 생각해 보게 되었다.

여행의 초반에는 엄마라는 사람이 너무 낯설게 느껴졌다.

내가 보호자가 된 듯 전부 책임져야 할 것 같은 마음,
엄마에게 난생처음으로 느껴보는 감정이었다.

엄마는 결국 엄마였다...

바르셀로나의 마지막 밤,
저녁을 먹으며 엄마에게 이런 말을 건넸다.
엄마가 없었으면
우울해 죽었을지도 몰라.
에이, 죽긴
뭘 죽어~!
진짜로.
혼자 남았으면
아무것도 안 하고
방에 틀어박혀 있었을걸?

엄마는 내게 태양이었다.

그리고 그날 밤,
드디어 자가키트에 음성이 떴다.

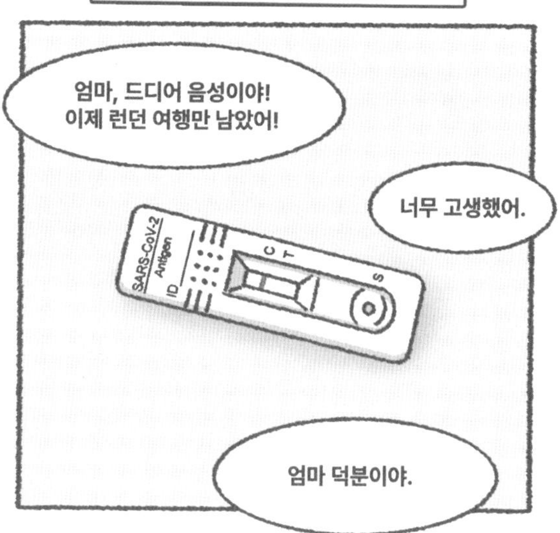

한국에서 사 왔던 마스크팩도 처음 뜯었다.

마침내 다시 찾은 감사하고도 소중한 여유였다.

혹독한 런던 신고식

짧지만 굵었던 투병(?) 생활 뒤로는
찬란한 런던 여행만이 우리를 기다릴 줄 알았다.
어제 자는데 갑자기
코피가 주르륵 흐르더라고.
그간 시간과 마음이 너무 소진된 탓이었을까?
지금은 좀
괜찮아?
으응, 어제 갔던 마트
공기가 안 좋아서
그랬나 봐.

서로를 걱정하는 마음으로 하루가 시작되고 끝난다.

이제는 너무나 익숙해져 버린 서로를 대하는 태도.

Aeroport de Barcelona-El Prat
공항에 도착하자 이상하게 눈물이 났다.
집에 가는 것도 아닌데,
조금이라도 집에 가까워진 기분이야...

이윽고 도착한 런던.
와, 정말 춥다.
스페인과는 확연히 다른 추운 날씨였다.
새로운 곳에 왔다는 설렘과 긴장이 추위를 더하는 것 같기도 했다.
오이스터 카드가 1인 35파운드야.
그게 얼마야?
6만 원. 교통카드 한 번 사는 데 6만 원을 쓴 거야. 역시 런던이야! 하하하.

메신저로 연락했더니 15분 뒤에 나타난 주인.

거대한 체구를 가진 남성으로,
사과는커녕 더 기다리라는 말과 함께 다시 사라지며

누군가와 한참 동안 통화를 하더니...
30분쯤 지나 대뜸 코로나 음성 확인서를 요청했다.
나는 상관 없는데~
숙소 사이트에서 너
코비드 서류 제출해야 한대.
에? 금시초문인데?
당시 영국은 코로나 서류 없이도 입국할 수 있는
정책이었기에, 준비된 서류는 당연히 없었다.

하는 수 없이 자가키트로 음성임을 증명하기로 했는데...
나 자가키트 갖고 있는데,
그걸로 증빙해도 돼?
어,어.
자가키트도 괜찮아!
자! 여기.
나 음성이야. 됐지?

호스트가 갑자기 말을 바꾸는 게 아닌가.

모르쇠로 일관하는 호스트였다.

당장 상황을 해결하느라 하염없이 기다리는 엄마는
또다시 뒷전에 두고 있던 나였다.

결국 호스트와의 실랑이에서 패배한 나는

우리가 사는 지역으로 이동하기로 했다.

우리는 4인이 함께 셰어하는 숙소의
자기 방을 흔쾌히 내주었다.

저녁은 우리가 평소 자주 간다는
자메이카 식당에서 해결했다.
런던에 와서
자메이카 음식을 먹네!
너무 재미있지 않니?
그러게요ㅋㅋ
근데 런던 음식은
정말 맛이 없어요.
어머! 우리야,
계산하지 마!
이미 했어요~!
웰컴 투 런던!

식사를 마치고 집에 돌아가는 길 위로
노을이 예쁘게 지고 있었다.
정말 쌀쌀하다.
낯선 곳에 왔다는 게
더 실감돼.
남은 날들이 그리 막막하게만 느껴지지는 않았다.
우리가 있어서
집에 온 것 같다.
응, 마음이 놓여.
그래? 다행이야! ㅋㅋㅋ

엄마가 소녀로 돌아간 순간

런던에 있던 기간은 하필 '플래티넘 주빌리'라고,
엘리자베스 여왕 즉위 70주년 기념행사 중이었다.

런던 시내의 거의 모든 숙소의 예약이 마감되었거나,
유독 비싼 곳만 남아있던 이유가 그제야 설명되는 것 같았다.

거대한 축제 분위기 속에서도 우리는 세인트 폴 대성당,
테이트 모던, 버로우 마켓, 리버티 백화점 등

런던 구석구석을 야무지게 구경했다.

돌아오는 길엔 처음으로 이층 버스를 탔다.

처음 타본 이층 버스가 신기한 엄마.

나는 그런 엄마의 모습을 카메라에 담았다.

그 순간 소녀가 되었다는 엄마는

그날 밤 시를 적어 이모에게 보냈다.

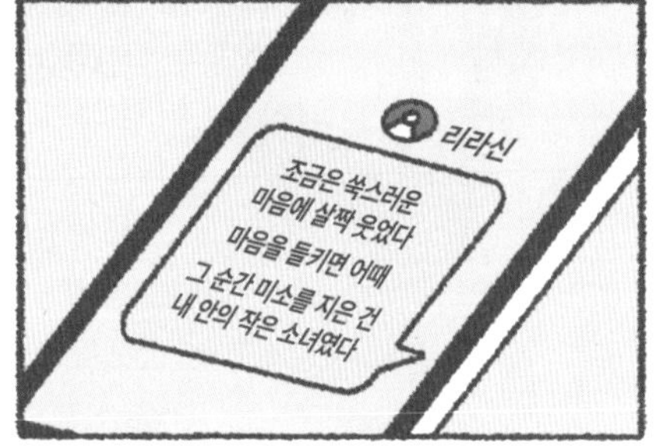
리라신
조금은 쑥스러운
마음에 살짝 웃었다
마음을 들키면 어때
그 순간 미소를 지은 건
내 안의 작은 소녀였다

숲처럼 살아갈 거야

런던 여행을 마친 다음 날 아침, 본의 아니게
엄마가 이모와 주고받은 카톡 메시지를 보게 되었다.

우리의 호의에 대한 고마움과 별개로
불편함을 느꼈을 엄마의 마음을 그제야 눈치챘다.

엄마의 마음을 읽은 이상,
모른 척 가만히 있을 수만은 없었다.

우리의 집에서 지내는 마지막 날은
숙소 근처의 숲을 걷기로 했다.

알고보니 '에핑 포레스트'는 런던 최대의 도시 숲이었다.

'플래티넘 주빌리' 행사로 정신없던
런던 시내의 잡음에서 벗어나

우거진 녹음 속에서
마음의 평화를 찾을 수 있었던 시간이었다.

나무만 보였던 나의 좁은 시야가

여행의 끝에 닿을수록

광활하고 빽빽한 숲을 향해 확장한다.

곧 다시 돌아갈 평범한 일상 안에서도

소중함을 쉽게 분별할 수 있게 되지 않을까 하는
기대를 품게 된다.

찰나의 소중함을 담기 위해

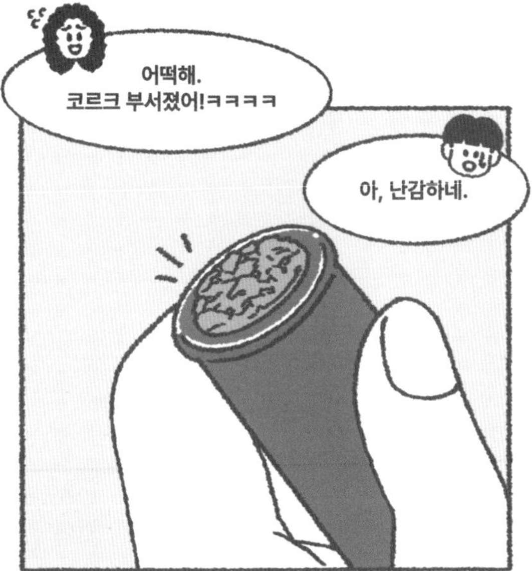

우리 집에서의 마지막 저녁 식사는
부서진 코르크 가루가 들어간 스페인산 와인과
내가 만든 토마토 바질 파스타.

파스타는 끝내주게 맛있었고,
혹시 몰라 사놓은 망고도 완벽한 후식이 되어주었다.

다음 날 아침, 우리의 집을 떠나며
엄마는 우리에게 편지를 썼다.

나도 따라서 편지를 썼다.

우리와 헤어지며, 런던의 거리 한복판에서
친구에게 선물 받은 필름 카메라로 사진을 잔뜩 찍었다.

얼마 남지 않은 필름의 숫자를
더 이상의 미련 없이 가득 채웠다.

디지털의 무한함이 다 담을 수 없는,

다시 돌아오지 않을 찰나의 소중함을
가장 비슷한 형태의 아날로그로 담고 싶은 마음이었다.

유한해서 아름다운 것들을 더 귀히 여기고 싶다.

시간, 사람, 공간이 그런 것이다.

지금, 이 순간을 뜻한다.

반짝반짝 빛나는 마지막 밤

마지막 날 밤, 뮤지컬 〈맘마미아!〉를 보고
숙소로 돌아가는 길,

이번 여행을 통해 확신하게 된 한 가지.

지난했던 지난 3주의 여행 과정이 그러했듯,

앞으로 펼쳐질 나의 삶에는
수많은 장애물이 자리하고 있을 테다.

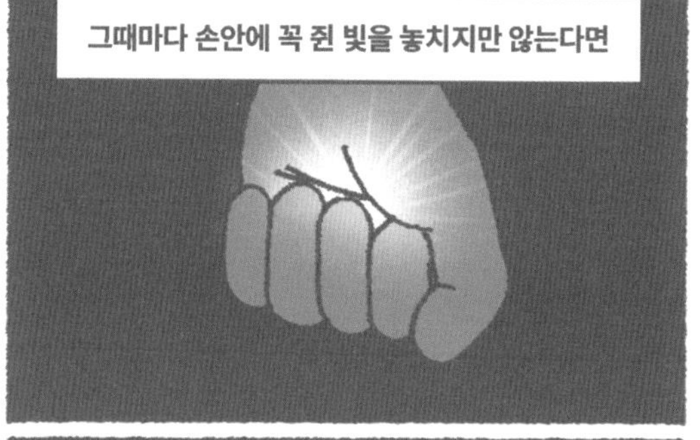

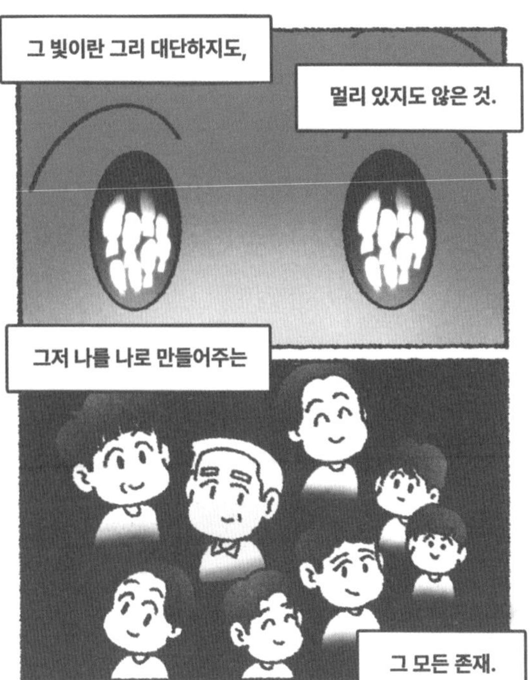
그 빛이란 그리 대단하지도,
멀리 있지도 않은 것.
그저 나를 나로 만들어주는
그 모든 존재.

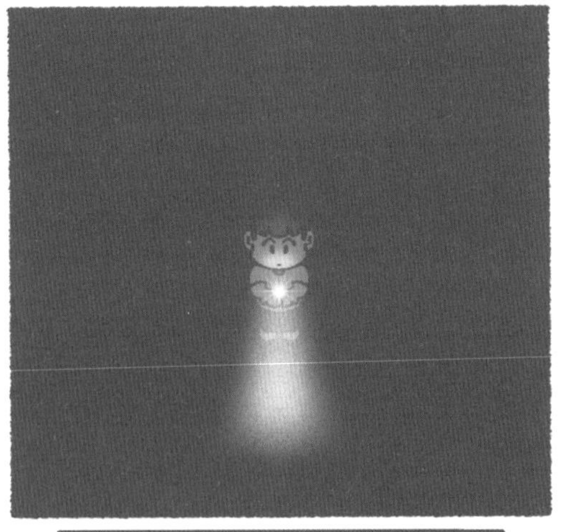
지키고 싶은 존재가 있다는 것만으로도,
뭐든 할 수 있을 것 같은 무한한 마음이 된다.

소멸하는 시간 속에서도

결국 사랑을 찾는 이유는,

바로 여기에 있지 않을까.

에필로그

찬란했던 3주를 돌아보며

이렇게 한순간도
떨어지지 않은 적이 있었나 생각해 봤는데,

내가 갓난아기였던 시절 이후로는
없었던 것 같더라고.

꼭 붙어있던 그때가 엄마의 손길을
가장 필요로 했던 시절임을 깨닫고 나서야,

이번 여행에서 내가 느꼈던 감정들에도
납득이 갔어.

엄마와 나의 행복과 안녕을 빌어주는 주변의 축하에는
감사함과 얼떨떨함이 공존했고,

타지에서 내가 엄마의 보호자가 된 듯한 상황에는

낯선 책임감을 느끼기도 했어.

덜컥 겁이 나던 순간에는
햇볕처럼 다가와 준
안식의 순간들이 있었지.

이 모든 감정들은

탄생 그 자체만으로 의미를 가졌던 나라는 세계와

다시금 발견한 엄마라는 세계와
크게 다를 게 없었나 봐.

서로의 존재 의미를 발자국마다 새겨두었던
3주의 시간이었으니까.

구석구석 여행할 거야.

엄마랑, 떠날 수 있을 때.

특별 부록

엄마랑 《떠날 수 있을 때》

비하인드컷

《엄마랑 떠날 수 있을 때》는 2022년 5월, 엄마와 단둘이 떠난 유럽 여행을 바탕으로 지어졌습니다. 처음부터 이 여행기를 책으로 펴낼 계획이 있었던 것은 아닙니다. 하지만 여행을 다니는 내내 글과 그림으로 짓고 싶은 순간들이 수없이 떠올랐고, 그때마다 메모장과 카메라를 켜고 기록을 잔뜩 남겼던 것 같아요. 그 기록들이 이 책을 만드는 소중한 밑거름이 되어줄 거라곤 생각도 못 하고요.

《엄마랑 떠날 수 있을 때》가 세상에 나오기까지 그 뒤에 어떤 숨은 이야기들이 있었는지 조금 더 공유해보려고 해요. 소중한 사람과 함께 어디론가 훌쩍 떠날 준비를 하고 계신가요? 저의 이 기록들이 여러분의 계획을 조금 더 특별하게 만들어주는 영감이 되었으면 좋겠습니다.

창밖의 어둠 속에서 낯설게 빛나는 불빛에

인천에서 아부다비로 향하는 비행기 안.

오랜만에 탑승한 비행기는 많이 낯설기도,

설레기도 했어요.

아부다비 루브르 박물관에서
부처님에게 합장하는 엄마.

얼키고 설킨 천장이 인상적이었던

아부다비의 루브르 박물관.

[장소 정보] 루브르 아부다비

물에 둘러싸여 있는 독특한 형태의 디자인이 인상적인 박물관

아부다비에서 먹은 첫 식사.
패티 위에 치즈를 통으로 녹여주는
수제버거와 라자냐를 먹었습니다.

[식당 정보] Raclette Brasserie & Café

이번 여행에서 처음으로 '행복'이란
단어를 입 밖으로 꺼내보았던 순간.
끝없이 펼쳐진 에메랄드 빛
아부다비의 바다가 너무 아름다웠어요.

현지에서만 나는 과일을 꼭 먹어보고 싶다던 엄마.
아쉽게도 두바이는 과일 생산국이 아니었고,
결국 태국산 애플망고를 사다 먹었죠.

[장소 정보] 두바이 몰
두바이 분수쇼를 볼 수 있는 대형 쇼핑 센터

와인까지 구매한 뒤 우리는 분수쇼를 관람했고,

정해진 시간에만 공연하는
두바이 분수쇼를 턱걸이로 관람하고
해가 떨어지기 전에 아부다비로 돌아갔어요.
밤에 관람하면 더 멋졌을 것 같아, 아쉬움이 남았었네요.

다음 날, 아부다비의 아침이 밝았다.

아부다비에서 묵었던 호텔의 전경. 체크인 이슈가 있었지만,
그 덕에 업그레이드된 방을 받을 수 있었어요.
하루 일정을 마친 뒤 호텔에 돌아와 마주하는
눈부신 야경은 보석 같은 선물이었습니다.

[호텔 정보] Grand Hyatt Abu Dhabi Hotel & Residences Emirates Pearl
아부다비에서 묵었던 호텔

그래서 아까
그 빨간 카드 줬나 보다.
맞네! 관광객 위주로
판매해서 그런 건가
보네~

ㅋㅋㅋㅋ
너무 재밌다!!

삑!

두바이에서 어렵게 구매한 문제의 그 와인.
비밀스러운 경로로 구입했는데
하필 이름도 '19 crimes'여서 더 재밌었어요.

아부다비의 두 번째 아침에는 조식을 신청했어요. 김치와 라면을 찾는 제 앞에 "현지에선 현지 음식을 먹어야지!"라며 낯선 음식들을 음미하는 엄마가 있었답니다.

대통령궁이 편하다고?
엄마, 영부인이었구나!
어머, 맞네.
전생에 여기 영부인이었나 봐.
영혼이 없는 궁에서 전생의 영혼을 찾는 엄마였다.

엄청난 규모에 압도되었던 아부다비 대통령궁.
화장실 휴지도 금으로 되어 있을 것 같은 공간이었어요.

[장소 정보] 카스르 알 와탄
아부다비 대통령궁. 엄청난 규모의 대통령 관저

사원에 들어가기 위해서 엄마는 아랍 전통복인 아바야를 입어야만 했는데, 남아 있는 사이즈는 핑크뿐이었어요. 아부다비의 핑크 요정이 된 엄마의 모습이 정말 귀여웠죠.

[장소 정보] 셰이크 자이드 그랜드 모스크
세계에서 가장 큰 모스크 중 하나. 82개의 흰색 돔이 있다

막상 마드리드에 도착해,
저 멀리 출입국심사대 대기줄에
혼자 서 있는 엄마의 모습을 보니

세비야에 가기 위해 경유한
마드리드 입국심사대에 줄을 서는 엄마.
저와 잠시 떨어져 출입국 심사를 받는
엄마를 보고 생각이 많아지던 순간이었죠.

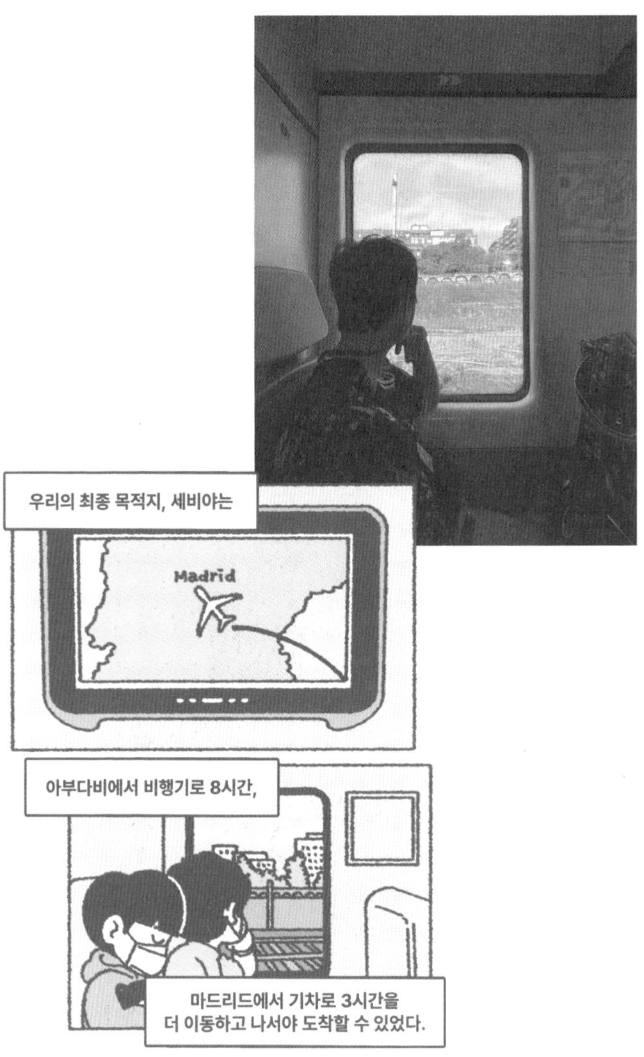
우리의 최종 목적지, 세비야는
Madrid
아부다비에서 비행기로 8시간,
마드리드에서 기차로 3시간을
더 이동하고 나서야 도착할 수 있었다.

세비야로 향하는 길.

SEMANA
GRANDES
FESTEJOS
COFRADIAS
MAGNIFICAS
TEATRO

세비야 일정은 오랜 친구, '우리'와 함께했어요.
장거리 이동으로 지쳐 있었는데, 보고 싶던 친구와
시원한 맥주 한잔으로 모든 피로가 녹았던 순간이에요.

[식당 정보] Bar Baratillo
타파스 바. 문어(풀포) 요리 추천

세비야 첫날 밤은 주말이었어요. 세비야 시민들과 여행객들이 뒤섞여 저마다의 소중한 추억들을 연주하고 있었죠.

용기 내 엄마를 꼭 껴안았던 순간.

세비야 어디를 가든 흐드러지고 있던 신비로운 보라색 꽃.
아프리카 벚꽃의 일종으로, 이름은 '자카란다'라고 합니다.

스페인 광장에서.

우리가 먹자마자 감동했던 전설의 세비야 식당.

눈물 나게 맛있긴 맛있더라고요.

[식당 정보] Restaurante El Sella Triana

버섯요리 추천

세비야를 떠나기 전 마신 고향의 맛,
스타벅스 아이스 아메리카노와
가만히 앉아 멍 때려 보았던 과달키비르 강.

에스프레소 문화가 익숙한 유럽에서 만나는
간만의 아메리카노.

세비야의 마지막은 아이러니하게도
스타벅스가 장식하게 되었다.

바르셀로나의 첫날 밤, 대충 장을 봐 요리를 해 먹고는
확신했습니다. "만들어 먹어도 충분하다!"
신선한 재료로 매일 밤 메뉴를 바꿔가며
'바르셀로나 맛의 축제'를 열었죠.

세비체 한 입, 그리고 맥주 한 모금.

순간 확신했다.

스페인은

해산물이야!

이렇게 장을 봐도 6만 원을 넘기지 않더라고요.
세상 비싸진 국내 장바구니 물가가 얄미워졌어요.

바르셀로나의 고딕 지구는 비가 와야 그 분위기가
한층 더 살더라고요. 걷기엔 조금 불편했지만,
다채로운 바르셀로나의 모습을 볼 수 있어 좋았습니다.

[장소 정보] Gothic Quarter
매력적인 식당, 바, 클럽들이 늘어선 바르셀로나의 중세식 골목

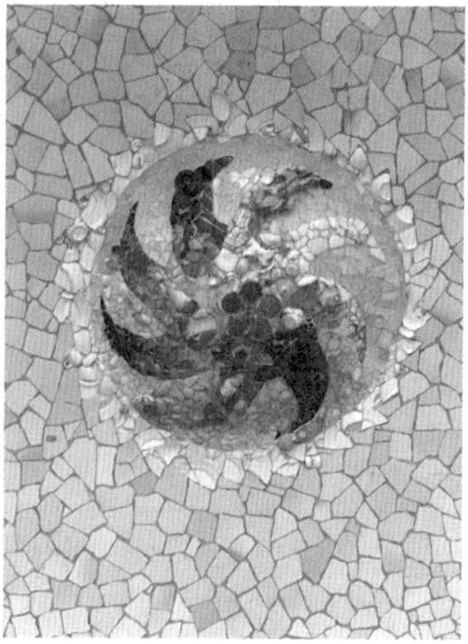

더불어 하루 종일 걷거나 서있어야 하기 때문에
강철 체력을 필요로 한다.

일찍 세상을 떠난
가우디의 어린 조카
유품이에요.

끔찍이 사랑했던 조카가
세상을 떠나고 난 뒤,

자, 이번에는
저 천장을 한번
볼게요.

가우디가 직접
저 인형을 붙였다고 해요.

저기 작은 토끼 인형
보이시나요?

가우디 투어에서 가장 기억에 남는 이야기는
가우디의 조카 이야기였어요. 삶의 중요한 가치를 기념할 수
있는 작업을 해야겠단 다짐을 하게 된 순간이었죠.

[장소 정보] 구엘 공원
가우디의 모자이크 건물들을 볼 수 있는 조각 공원

너무나 좋지 않은 컨디션 탓일 수도 있겠다고 생각했다.

엄마는 어땠어?

가우디 정말 대단하더라.
너무 멋있었어.

투어를 하는 중간중간에는 오한이 있기도 해서,
비가 내렸던 전날 조금 무리를 했나 싶었다.

너무 감동해서 눈물을 흘리면 어떡하나 걱정했던
'사그라다 파밀리아'는 생각보다 큰 감흥이 없었어요.
컨디션이 좋지 않은 탓이었단 것을 나중에 알게 됐지요.

[장소 정보] 사그라다 파밀리아
안토니오 가우디가 건설한 성당으로 바르셀로나의 정체성을 대변하는 건물중 하나

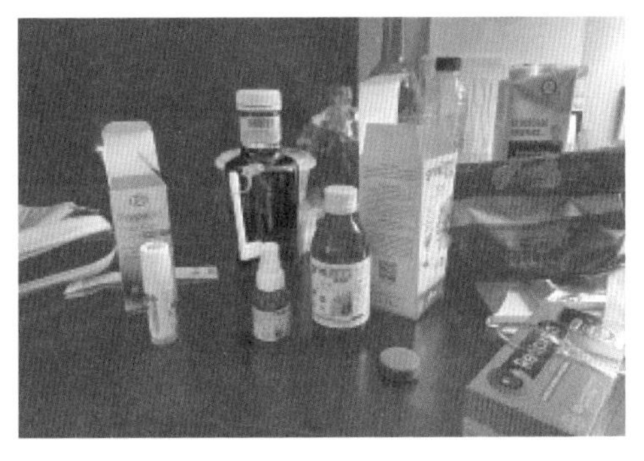

병마와 싸우기 위해 잔뜩 구입한 코로나 상비약들.
바르셀로나를 떠나기 하루 전날, 코로나 확진 판정을 받고
하루 종일 좁은 호텔 방에 갇혀 여행 일정을 변경했어요.
볕이 드는 창 하나 없어 감옥같이 느껴졌던 공간이었죠.

여행의 제2막,
다 됐어! 들어와!

새로 구한 바르셀로나 숙소.
시내에서 조금 벗어난 곳이었지만,
볕과 바람이 잘 드는 곳으로 엄마가 굉장히 마음에 들어 했어요.

화장실에서 몰래 펑펑 울고 나온 날, 엄마가 직접 끓여준 흰 쌀죽. 설익은 쌀알에 낯선 재료도 들어간 특이한 맛이었지만, 눈물과 함께 꼭꼭 삼켰습니다. 이걸 다 먹으면 정말 바로 나을 수 있을 것만 같았어요.

런던으로 넘어간 날, 호기롭게 새로운 숙소를 찾아갔지만 또다시 문제가 생겼고 결국 친구 우리에게 신세를 지게 되었어요. 자꾸 악재가 겹치는 이 상황에 화가 났지만 집에 돌아가는 길의 붉은 노을과 곁에 있는 사람들 덕에 위로가 되었죠.

런던에 있는 동안은 (故)엘리자베스 여왕의 즉위 70주년 행사가 열리는 기간이었어요. 거리의 엄청난 인파로 정신이 없었지만 이 기간에만 진행하는 에어쇼 등 특별한 행사들을 구경할 수 있었답니다.

돌아오는 길엔 처음으로 이층 버스를 탔다.

런던 2층 버스를 처음 타본 엄마는 친구들에게 자랑한다며 제게 사진을 부탁하셨습니다.
소녀같이 수줍어하던 엄마는 이 순간을 훗날 어떻게 기억할까요?

우리의 집에서 신세를 지는 동안에도 공유 주방을 이용해
부지런히 밥을 해먹었습니다. 엄마 손을 거치면
먼 영국 땅에서도 닭도리탕 한 그릇이 뚝딱 완성됐어요.

여행의 끝에 닿을수록

광활하고 빽빽한 숲을 향해 확장한다.

집 근처 숲을 거닐며 자연과 하나가 되었던 날.

[장소 정보] 에핑 포레스트

loughton 지역에 위치한, 런던에서 가장 큰 숲

354

망고 씨로 하모니카를 불며 하염없이 웃었던 밤.

뮤지컬 〈맘마미아!〉를 보고 집에 가던 길.

조금 뻔하지만 타워 브리지 앞에서 포즈를 취해봤어요.

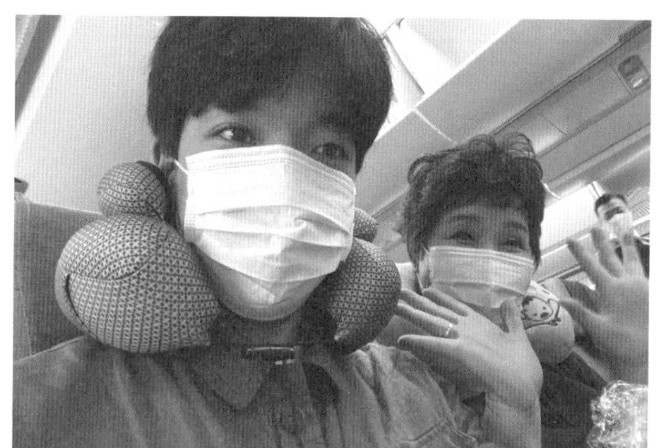

드디어 여행 끝! 돌아갈 곳이 있어서, 여행이라고 하는 거겠죠?
집에 갈 생각에 신난 엄마와 저의 모습입니다.

한국에 도착해서 처음 먹은 음식은 비빔냉면이었습니다.
맵고 차가운 음식이 당겼나 봅니다.

다음으로 미뤘다면 놓쳤을 찬란한 순간들

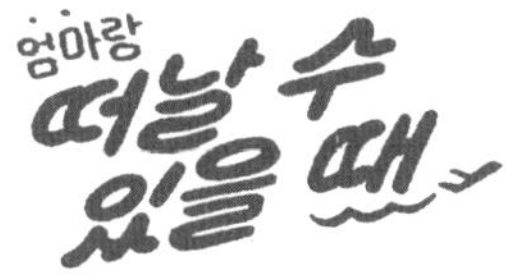

초판 1쇄 2025년 1월 2일

지은이 윤수훈

발행인 박장희
대표이사 겸 제작총괄 신용호
본부장 이정아
파트장 문주미
책임편집 허진

기획위원 박정호

마케팅 김주희 한륜아 이현지

디자인 this-cover

발행처 중앙일보에스(주)
주소 (03909) 서울시 마포구 상암산로 48-6
등록 2008년 1월 25일 제2014-000178호
문의 jbooks@joongang.co.kr
홈페이지 jbooks.joins.com
인스타그램 @j__books

ISBN 978-89-278-1332-3 03810